NOSSAS NOITES

KENT HARUF

Nossas noites

Tradução
Sonia Moreira

4ª reimpressão

COMPANHIA DAS LETRAS

Copyright © 2017 by Kent Haruf
Publicado mediante acordo com Alfred A. Knopf, um selo do The Knopf Doubleday Group, uma divisão da Penguin Random House, LLC

Grafia atualizada segundo o Acordo Ortográfico da Língua Portuguesa de 1990, que entrou em vigor no Brasil em 2009.

Título original
Our Souls at Night

Capa
Mateus Valadares

Foto de capa
Emily Keegin/ Getty Images

Preparação
Ana Lima Cecilio

Revisão
Marise Leal
Huendel Viana

Dados Internacionais de Catalogação na Publicação (CIP)
(Câmara Brasileira do Livro, SP, Brasil)

Haruf, Kent
    Nossas noites / Kent Haruf ; tradução Sonia Moreira. — 1ª ed. — São Paulo : Companhia das Letras, 2017.
    Título original: Our Souls at Night
    ISBN 978-85-359-2866-2

    1. Romance norte-americano I. Título.

17-00659   CDD-813

Índice para catálogo sistemático:
1. Romances: Literatura norte-americana 813

[2017]
Todos os direitos desta edição reservados à
EDITORA SCHWARCZ S.A.
Rua Bandeira Paulista, 702, cj. 32
04532-002 — São Paulo — SP
Telefone: (11) 3707-3500
www.companhiadasletras.com.br
www.blogdacompanhia.com.br
facebook.com/companhiadasletras
instagram.com/companhiadasletras
twitter.com/cialetras

Para Cathy

1.

E então um dia Addie Moore fez uma visita a Louis Waters. Foi num fim de tarde em maio, pouco antes de escurecer completamente.

Eles moravam a um quarteirão de distância um do outro na Cedar Street, na parte mais antiga da cidade, onde havia olmos, lódãos e um bordo solitário plantados ao longo do meio-fio e gramados verdes se estendendo da calçada até as casas de dois andares. O tempo tinha ficado quente durante o dia, mas esfriado agora à noitinha. Ela foi andando pela calçada sob as árvores e virou em direção à casa de Louis.

Quando Louis veio até a porta ela disse: Será que posso entrar para falar uma coisa com você?

Eles se sentaram na sala de estar. Quer tomar alguma coisa? Um chá?

Não, obrigada. É possível que eu não fique aqui tempo bastante para terminar de tomar o chá. Ela olhou em volta. Sua casa está bonita.

A Diane sempre manteve a casa bonita. Eu tenho feito o que posso para conservar.

Continua bonita, disse ela. Fazia anos que eu não vinha aqui.

Ela olhou pelas janelas para o quintal ao lado, onde a noite estava caindo, e para a cozinha, onde uma luz acesa iluminava a pia e as bancadas. Tudo parecia limpo e arrumado. Ele estava observando Addie. Ela era uma mulher bonita, ele sempre havia achado. Tinha cabelo escuro quando mais nova, mas agora ele estava branco e curto. Ela ainda estava em forma, só um pouco mais cheia na cintura e nos quadris.

Você deve estar se perguntando o que vim fazer aqui, disse ela.

Bem, não imagino que você tenha vindo para me dizer que a minha casa está bonita.

Não. Quero fazer uma sugestão para você.

Sugestão?

É. Na verdade é uma espécie de proposta.

Está bem.

Não de casamento, disse ela.

Eu também não imaginei que fosse.

Mas é uma proposta que tem um pouco a ver com casamento. Só que agora eu não sei se vou conseguir. Estou perdendo a coragem. Amarelando. Ela riu um pouco. Isso também acontece quando as pessoas pensam em casamento, não é?

O quê?

Amarelar.

Pode acontecer.

Pois é. Bem, vou dizer de uma vez.

Pode falar que eu estou ouvindo, disse Louis.

O que você acharia da ideia de ir à minha casa de vez em quando para dormir comigo?

O quê? Como assim?

Bem, é que nós dois estamos sozinhos. Já há muito tempo. Há anos. Eu me sinto sozinha. E acho que é possível que você também se sinta. Então fiquei pensando se você gostaria de ir para a minha casa à noite e dormir comigo. E conversar.

Ele ficou olhando para ela, observando-a, agora com curiosidade, com cautela.

Você não diz nada. Eu fiz você perder a fala?, ela perguntou.

Acho que sim.

Não estou falando de sexo.

Eu estava aqui me perguntando.

Não, sexo não. Não é essa a minha ideia. Acho que perdi todo e qualquer impulso sexual já faz muito tempo. Estou falando de ter uma companhia para atravessar a noite, para esquentar a cama. De nós nos deitarmos na cama juntos e você ficar para passar a noite. As noites são a pior parte. Você não acha?

Acho. Acho, sim.

Eu acabo tomando remédio para dormir e lendo até de madrugada e depois fico grogue no dia seguinte. Imprestável para mim mesma ou para qualquer outra pessoa.

Isso também acontece comigo.

Mas acho que conseguiria dormir de novo se houvesse outra pessoa na cama comigo. Uma pessoa gentil. Essa proximidade. Poder conversar durante a noite, no escuro. Ela esperou. O que você acha?

Não sei. Quando você gostaria de começar?

Quando você quiser. Se você quiser, disse ela. Pode ser esta semana mesmo.

Vou pensar, está bem?

Está bem. Mas quero que você me ligue no dia em que for, se você for. Para eu saber que devo te esperar.

Está bem.

Fico esperando você entrar em contato, então.

E se eu roncar?

9

Se roncar, roncou; ou vai aprender a parar.

Ele riu. Isso seria inédito.

Ela se levantou, saiu e foi andando de volta para casa, e ele ficou na porta olhando para ela, para aquela mulher de setenta anos, de estatura mediana e cabelo branco caminhando sob as árvores e sob os raios de luz lançados pelo poste de iluminação da esquina. Que diabos, ele disse. Calma, não se precipite.

2.

No dia seguinte, Louis foi ao barbeiro na Main Street e cortou o cabelo bem curto, quase à escovinha, depois perguntou ao barbeiro se ele ainda fazia barbas e, como o barbeiro disse que sim, Louis fez a barba também. Então foi para casa, ligou para Addie e disse: Eu gostaria de ir para a sua casa esta noite, se a proposta ainda estiver de pé.

Está. Está, sim, disse ela. Fico contente.

Ele fez uma refeição leve no jantar, só um sanduíche e um copo de leite, não queria se sentir pesado e empanzinado na cama dela, depois tomou um longo banho quente e deu uma boa esfregada no corpo todo. Cortou as unhas das mãos e dos pés e, quando escureceu, saiu pela porta dos fundos e foi caminhando pela viela atrás das casas, carregando um saco de papel com seu pijama e sua escova de dentes. Estava escuro na viela, e seus pés faziam um barulho áspero no chão de cascalho. Uma luz estava acesa na casa do outro lado da viela, e ele viu a mulher de perfil lá dentro, diante da pia da cozinha. Entrou no quintal da casa de Addie Moore, passou pela garagem e pelo jardim e bateu na porta dos fundos. Ficou esperando um bom tempo. Um carro passou na rua em frente à casa, seus faróis iluminando a noite. De onde Louis estava, dava para ouvir os garotos da escola secundária buzinando uns para os outros na Main Street. Então, a luz da varanda dos fundos se acendeu acima da cabeça dele e a porta se abriu.

O que você está fazendo aqui nos fundos? Addie perguntou.

Achei que vindo por aqui seria menos provável que as pessoas me vissem.

Eu não me importo com isso. Elas vão acabar sabendo. Alguém vai ver. Venha pela calçada da frente e entre pela porta principal. Resolvi que não vou ficar me preocupando com o que as pessoas pensam. Já fiz isso tempo demais — a minha vida inteira. Não vou mais viver desse jeito. A viela dá a impressão de que nós estamos fazendo alguma coisa errada ou indecorosa, algo digno de vergonha.

Fui professor numa cidade pequena por tempo demais, disse ele. Esse é que é o problema. Mas tudo bem. Na próxima vez eu venho pela porta da frente. Se houver próxima vez.

Você não acha que vai haver?, disse ela. Isso vai ser um caso de uma noite só?

Sei lá. Talvez. Tirando a parte sexual disso, claro. Eu não sei como vai ser.

Você não tem nem um pouquinho de fé?, ela perguntou.

Em você eu tenho. Já estou sentindo que posso ter fé em você. Mas não sei se vou conseguir me igualar a você.

Do que você está falando? Como assim?

Em coragem, disse ele. Em disposição para arriscar.

Sim, mas você está aqui.

É verdade. Estou.

Então é melhor você entrar. A gente também não precisa ficar a noite inteira aqui fora. Mesmo que não esteja fazendo nada de que se envergonhar.

Ela atravessou a varanda dos fundos e entrou na cozinha, e ele seguiu atrás dela.

Vamos tomar alguma coisa antes, disse ela.

Parece uma boa ideia.

Você toma vinho?

Às vezes.

Mas prefere cerveja?

É, prefiro.

Então eu compro cerveja da próxima vez. Se houver próxima vez, disse ela.

Louis não sabia se ela estava brincando ou não. Se houver, ele disse.

Você prefere vinho branco ou tinto?

Branco, por favor.

Ela pegou uma garrafa da geladeira, encheu duas taças até a metade e eles se sentaram em torno da mesa da cozinha. O que tem nesse saco de papel?, ela perguntou.

Pijama.

Isso quer dizer que você está disposto a fazer a experiência pelo menos por uma noite.

Sim, é exatamente o que isso quer dizer.

Eles terminaram de tomar o vinho. Quer mais?

Não, acho que não. Será que nós poderíamos dar uma volta pela casa?

Você quer que eu te mostre os quartos e a disposição dos cômodos.

Só quero ter uma ideia melhor do lugar em que estou.

Pra você poder sair de fininho no escuro, se for preciso.

Bem, não, não era nisso que eu estava pensando.

Ela se levantou e mostrou a ele a sala de jantar e a sala de estar. Depois subiu a escada para lhe mostrar os três quartos. O quarto maior, na parte da frente da casa e com vista para a rua, era o dela. Nós sempre dormimos aqui, disse ela. O quarto lá de trás era do Gene e o outro quarto nós usávamos como escritório.

Havia um banheiro no fim do corredor e mais um perto da sala de jantar no andar de baixo. A cama do quarto dela era *king size* e estava coberta com uma colcha leve de algodão.

Que tal?, ela perguntou.

A casa é maior do que eu pensava. Tem mais cômodos.

Ela foi uma boa casa para nós. Moro aqui há quarenta e quatro anos.

Dois anos depois que eu me mudei para cá com a Diane.

Faz muito tempo.

3.

Acho que vou ao banheiro, disse Addie.

Quando ela saiu do quarto, ele ficou vendo as fotografias que estavam em cima da cômoda e depois as que estavam penduradas nas paredes. Retratos de família com Carl no dia do casamento deles, nos degraus da igreja em algum lugar. Os dois nas montanhas, na beira de um riacho. Um cachorrinho preto e branco. Louis tinha conhecido Carl, mas apenas superficialmente. Um homem íntegro e bastante calmo, que vendia seguros agrícolas e outros tipos de seguro para pessoas de todo o condado de Holt vinte anos antes e, mais tarde, tinha sido eleito prefeito da cidade e cumprido dois mandatos. Louis nunca havia chegado a conhecê-lo muito bem. Estava contente por isso agora. Havia também fotos do filho deles. Gene não se parecia com nenhum dos dois. Um menino alto e magro, muito sério. E duas fotos da filha deles quando menina.

Quando Addie voltou, ele disse: Acho que vou ao banheiro também. Ele foi, usou o vaso sanitário e lavou as mãos meticulosamente. Botou um pouco da pasta de dentes dela na sua escova e escovou os dentes, depois tirou os sapatos e a roupa e vestiu o pijama. Pôs suas roupas dobradas em cima dos sapatos, deixou tudo no canto atrás da porta e voltou para o quarto. Ela tinha vestido uma camisola e agora estava deitada na cama, a luz do abajur ao seu lado acesa, a luz do teto apagada e a janela aberta alguns centímetros. Soprava uma brisa fresca e suave. Ele parou ao lado da cama. Ela puxou uma beirada do lençol e da coberta para baixo.

    Você não vem pra cama?

    Estou pensando na ideia.

    Ele se deitou, mantendo-se do seu lado da cama, depois se cobriu e encostou a cabeça no travesseiro. Não disse nada.

    No que você está pensando?, ela perguntou. Está tão calado.

    Estou pensando em como isso é estranho. Em como estar aqui é uma coisa nova pra mim. Em como estou me sentindo inseguro e meio nervoso. Eu não sei direito no que estou pensando. Uma porção de coisas embaralhadas.

    É uma coisa nova, não é?, disse ela. Mas é um tipo bom de coisa nova, eu acho. Você não acha?

    Acho.

    O que você costuma fazer antes de dormir?

    Ah, vejo o noticiário das dez, depois vou pra cama e fico lendo até dormir. Mas não sei se vou conseguir dormir hoje. Estou muito agitado.

    Vou apagar a luz, disse ela. Mas nós podemos continuar conversando. Ela se virou na cama e ele ficou olhando para seu ombro nu e macio e para seu cabelo brilhoso sob a luz.

    Então o quarto ficou escuro, iluminado apenas pela luz suave que vinha da rua. Eles ficaram conversando sobre assuntos banais, se conhecendo um pouco, sobre os acontecimentos rotineiros da cidade, a saúde da velha sra. Ruth, que morava numa das casas entre as deles, sobre a pavimentação da Birch Street. Depois se calaram.

Passado um tempo, ele perguntou: Você ainda está acordada?
Estou.
Você perguntou no que eu estava pensando. Uma das coisas que me passaram pela cabeça foi: ainda bem que nunca cheguei a conhecer muito bem o Carl.
Por quê?
Eu não me sentiria tão bem de estar aqui como estou me sentindo se o tivesse conhecido melhor.
Mas eu conhecia muito bem a Diane.
Uma hora depois, ela estava dormindo e respirando suavemente. Ele continuava acordado. Tinha ficado observando Addie. Mesmo na penumbra, dava para ver o rosto dela. Eles não tinham se tocado nenhuma vez. Às três da manhã, ele se levantou e foi ao banheiro, voltou e fechou a janela. Havia começado a ventar.
Quando amanheceu, ele se levantou, se vestiu no banheiro e olhou de novo para Addie Moore na cama. Ela estava acordada agora. A gente se vê mais tarde, disse ele.
Vê?
Sim.
Ele saiu e foi andando para casa pela calçada em frente às casas vizinhas, entrou, fez café, comeu torradas com ovos, depois saiu e ficou trabalhando no seu jardim durante duas ou três horas, voltou para a cozinha, almoçou cedo e, à tarde, dormiu um sono pesado por cerca de duas horas.

4.

Quando acordou naquela tarde, Louis percebeu que não estava passando bem. Levantou e tomou um pouco de água, sentindo-se quente. Pensou um pouco e decidiu ligar para ela. Ao telefone, disse: Acabo de acordar de um cochilo e não estou me sentindo muito bem, estou com uma dor estranha na barriga e também nas costas. Desculpe, mas não vou para a sua casa hoje à noite.

Entendo, disse ela, e desligou.

Ele telefonou para o consultório médico e marcou uma consulta para a manhã do dia seguinte. Foi para a cama cedo, acordou suado no meio da noite e não conseguiu mais dormir. De manhã, não estava com vontade de comer e, às dez, foi ao médico, que o mandou para o hospital para fazer exames de sangue e de urina. Louis ficou esperando lá mesmo pelo resultado dos exames, quando então a equipe médica decidiu interná-lo por conta de uma infecção urinária.

Eles lhe deram antibióticos, e ele dormiu quase a tarde inteira e depois de novo ficou acordado a maior parte da noite.

De manhã já estava se sentindo melhor, e eles lhe disseram que provavelmente seria liberado no dia seguinte. Tomou café da manhã, depois almoçou e tirou um cochilo, e quando acordou, por volta das três, ela estava sentada na cadeira ao lado da sua cama. Ele olhou para ela.
Você não estava brincando, disse ela.
Você achou que eu estivesse?
Achei que você só tivesse dito que estava doente porque não queria mais passar a noite comigo.
Eu tive medo de que você pensasse isso.
Achei que você tivesse desistido, ela disse.
Fiquei pensando em você ontem o dia inteiro, à noite e hoje o dia inteiro também, disse ele.
O que você ficou pensando?
Em como você podia ter interpretado errado o meu telefonema. E em como eu poderia explicar que ainda quero ir para a sua casa à noite e ficar junto com você. Em como eu estava me sentindo mais interessado por isso do que tinha me sentido por qualquer outra coisa fazia muito tempo.
Por que você não me ligou, então, para dizer isso?
Eu achei que pudesse ser pior, que ficaria parecendo mais ainda que eu estava inventando esse mal-estar.
Gostaria que você tivesse tentado.
Eu devia ter tentado. Como foi que você descobriu que eu estava no hospital?
Estava conversando com a Ruth, da casa ao lado, hoje de manhã, e ela me perguntou: Você soube do Louis? E eu disse: O que é que tem o Louis? Ele está no hospital. O que há com ele? Disseram que é algum tipo de infecção. E foi assim que eu soube, disse ela.
Não vou mentir pra você, ele disse.
Está bem. Nenhum de nós vai. Você vai voltar lá em casa, então?

Assim que estiver me sentindo bem e tiver certeza de que me recuperei disso. Bom te ver, ele disse.

Obrigada. Você está parecendo bem baleado no momento.

É que eu ainda não tive tempo de me produzir.

Ela riu. Não ligo pra isso, disse ela. Não foi o que eu quis dizer. Eu só estava fazendo um comentário, uma observação.

Bem, você está com uma aparência ótima, disse ele.

Ligou para a sua filha?

Falei para ela pra não se preocupar, que só ia ficar no hospital mais um dia e que o que eu tenho não é nada que inspire preocupação. Ela não precisa faltar ao trabalho por causa disso. Não há nenhuma necessidade de ela vir até aqui agora para me visitar. Ela mora em Colorado Springs.

Eu sei.

É professora, como eu era. E então ele parou de falar. Você quer tomar alguma coisa? Posso chamar a enfermeira.

Não. Já estou indo embora.

Ligo para você quando tiver voltado para casa e estiver me sentindo bem.

Ótimo, disse ela. Já comprei cerveja.

Ela foi andando em direção à porta, e ele ficou observando até que ela saísse do quarto. Louis ficou deitado na cama esperando o sono chegar mais uma vez, mas logo trouxeram o jantar, que comeu assistindo ao noticiário, depois desligou a televisão e ficou olhando lá para fora pela janela, vendo a noite cair na extensa planície a oeste da cidade.

5.

No dia seguinte, à tarde, ele recebeu alta do hospital. Mas devia estar mais debilitado do que os médicos pensavam, pois levou quase uma semana para se sentir inteiro de novo, para se sentir bem o bastante para ligar e perguntar se podia ir à casa dela naquela noite.

Você ainda estava doente?

Estava. Não sei por que demorei tanto para me recuperar.

Ele tomou banho, fez a barba, passou uma loção pós-barba e, depois que escureceu, pegou o saco de papel com o pijama e a escova de dentes e saiu, foi andando pela calçada em frente às casas vizinhas e bateu na porta dela.

Addie atendeu na mesma hora. Ah, hoje você está com outra cara. Entre. Ela estava bonita, com o cabelo penteado para trás.

Como da outra vez, eles se sentaram em volta da mesa da cozinha, beberam e conversaram um pouco. Então ela disse: Estou pronta para subir, e você?

Eu também.

Ela pôs os copos dentro da pia e depois subiu a escada, seguida por Louis. Ele foi para o banheiro, vestiu o pijama, dobrou as roupas e as deixou no canto. Ela já estava na cama, de camisola, quando ele entrou no quarto. Ela puxou uma beirada das cobertas para baixo e ele se deitou.

Você não deixou seu pijama aqui da outra vez. Isso foi outra coisa que me fez pensar que não voltaria.

Achei que pareceria presunção minha. Como se eu já estivesse certo e seguro de que poderia voltar. Nós nem tínhamos conversado muito ainda.

Bem, você pode deixar seu pijama e sua escova de dentes aqui de agora em diante, disse ela.

Iria economizar sacos de papel, disse ele.

Exatamente. Tem alguma coisa sobre a qual você gostaria de falar?, ela perguntou. Não precisa ser nada de urgente. Só para a gente começar a conversar.

O que eu mais tenho são perguntas, na verdade.

Eu também tenho algumas, disse ela. Mas quais são as suas?

Fiquei me perguntando por que você me escolheu. Nós não nos conhecemos muito bem nem nada.

Você acha que eu escolheria qualquer um? Que eu só quero alguém para me esquentar à noite, não importa quem seja? Uma pessoa qualquer com quem conversar?

Não, não pensei isso. Mas não sei por que você me escolheu.

Você não gostou que eu tenha te escolhido?

Não. Não é isso. Só estou curioso. Intrigado.

Foi porque eu acho que você é um homem bom. Um homem gentil.

Espero que eu seja.

Eu acho que é. E sempre pensei em você como alguém de quem eu poderia gostar e com quem poderia conversar. O que você pensava de mim, se é que já pensou algum dia?

Eu pensava em você, disse ele.
De que forma?
Como uma mulher bonita. Uma pessoa de fibra. De caráter.
O que fazia você pensar assim?
A maneira como você vive, o modo como tocou sua vida depois que o Carl morreu. Foi uma época difícil pra você, é o que estou querendo dizer. Eu sei como foi para mim depois que minha mulher morreu, e eu via que você estava lidando com isso melhor do que eu. Achei isso admirável.
Você nunca me procurou nem fez questão de me dizer nada, disse ela.
Não quis parecer intrometido.
Você não teria parecido. Eu estava me sentindo muito sozinha.
Imaginei que sim. Mas não fiz nada assim mesmo.
O que mais você quer saber?
De onde você é. Onde você cresceu. Como você era quando menina. Como eram seus pais. Se você tem irmãos. Como conheceu o Carl. Como é sua relação com seu filho. Por que você veio morar em Holt. Quem são seus amigos. Em que você acredita. Em que partido você vota.
Nós vamos nos divertir muito conversando, não?, disse ela. Eu também quero saber tudo sobre você.
Nós não precisamos ter pressa, disse ele.
Não, vamos com calma.
Ela se virou na cama para apagar a luz do abajur e de novo ele ficou olhando para o cabelo brilhoso dela sob a luz e para os seus ombros nus. Depois, no escuro, ela pegou a mão dele, disse boa-noite e logo adormeceu. Ele achava espantosa a rapidez com que ela conseguia pegar no sono.

6.

No dia seguinte, ele trabalhou no quintal e cortou a grama, depois almoçou e tirou um cochilo rápido. Foi até a padaria e tomou café com um grupo de homens com o qual costumava se encontrar semana sim, semana não. Um deles, um sujeito de quem ele não gostava muito, disse a certa altura: Eu queria ter a sua energia.

Como assim?

Para passar a noite inteira fora e depois ainda ter energia suficiente para funcionar direito no dia seguinte.

Louis ficou olhando para ele por um tempo.

Sabe, disse Louis, uma das coisas que eu mais ouço por aí é como qualquer história sempre fica bem guardada com você. Entra pelos seus ouvidos e sai direto pela sua boca. Eu não ia gostar nem um pouco de ficar com fama de mentiroso e mexeriqueiro numa cidadezinha tão pequena como esta. Uma reputação dessas segue uma pessoa para onde quer que ela vá.

O homem ficou encarando Louis. Depois, olhou para os outros homens sentados em volta da mesa. Eles olhavam para todos os lados, menos para ele. O homem se levantou, se retirou da padaria e saiu andando pela Main Street.

Acho que ele não pagou o café que tomou, um dos homens disse.

Eu cuido disso, disse Louis. Vejo vocês mais tarde, meninos. Ele foi até o balcão, pagou o café do homem e o seu, saiu e seguiu em direção à Cedar Street.

Em casa, ele foi para o jardim e capinou por uma hora, com vigor, quase com violência, depois entrou, fritou um hambúrguer e tomou um copo de leite. Em seguida, tomou um banho e se barbeou. Quando anoiteceu, voltou para a casa de Addie.

7.

    Durante o dia, ela havia feito uma faxina caprichada na casa inteira e posto lençóis limpos na cama lá em cima. Depois, tinha tomado um banho e comido um sanduíche no jantar. Ao cair da tarde, ela já estava sentada na sala de estar, em silêncio, imóvel, pensando, esperando Louis bater na sua porta quando escurecesse.
    Por fim ele chegou e ela o deixou entrar. Ela percebeu que havia alguma coisa diferente. O que houve?, perguntou.
    Já te conto. Podemos tomar alguma coisa antes?
    Claro.
    Foram para a cozinha, e ela deu uma garrafa de cerveja para ele e serviu uma taça de vinho para si. Depois, ficou olhando-o, à espera.
    Nossos encontros não são mais segredo, ele disse. Se é que já foram algum dia.
    Como é que você sabe? O que aconteceu?
    Você conhece o Dorlan Becker, não conhece?
    Ele era dono da loja de roupas masculinas.

Isso. Ele vendeu a loja, mas continuou morando aqui na cidade. Todo mundo achava que ele ia se mudar para algum outro lugar. Nunca pareceu gostar muito daqui. No inverno, costuma ir para o Arizona.

O que isso tem a ver com os nossos encontros não serem mais segredo?

Ele é uma das pessoas com quem eu costumo me reunir na padaria umas duas vezes por mês. Hoje ele quis saber como eu tinha tanta energia. Como eu conseguia passar a noite inteira fora e depois fazer o que normalmente faço durante o dia.

O que foi que você disse?

Disse que ele estava ficando com fama de fofoqueiro e mentiroso. Fiquei com raiva. Não soube lidar direito com a provocação. Ainda estou com raiva.

Dá para perceber.

Eu deveria ter simplesmente ignorado, tentado desconversar. Mas não fiz isso. Não queria que eles ficassem pensando mal de você.

Deixa pra lá, Louis. Já sabíamos desde o início que as pessoas iriam descobrir. Nós conversamos sobre isso.

Sim, mas eu não estava raciocinando. Não estava pronto. Não queria que eles ficassem inventando histórias sobre nós. Sobre você.

Eu agradeço. Mas eles não vão conseguir me magoar. Vou aproveitar as nossas noites juntos. Até quando elas durarem.

Ele olhou para ela. Por que você diz isso? Você está falando como eu no outro dia. Você não acha que elas vão durar? Por um bom tempo?

Espero que sim. Eu falei para você que não quero mais viver daquele jeito — em função das outras pessoas, do que elas pensam, daquilo em que elas acreditam. Não acho que seja uma boa maneira de viver. Não para mim, pelo menos.

Está bem. Eu gostaria de ter o seu bom senso. Você tem razão, obviamente.

Agora passou a raiva?

Está passando.

Você quer outra cerveja?

Não. Mas se você quiser mais vinho eu fico aqui até você terminar. Só olhando para você.

8.

Cresci em Lincoln, Nebraska, disse ela. Nós morávamos na região nordeste da cidade. Tínhamos uma casa bonita de dois andares, revestida de ripas. Meu pai era um homem de negócios e ganhava bem, e minha mãe era ótima dona de casa e boa cozinheira. Era um bairro de classe média e também de classe baixa, de trabalhadores. Eu tinha uma irmã. Nós não nos dávamos muito bem. Ela era mais ativa e extrovertida, com uma espécie de natureza gregária que eu não tinha. Eu era quieta, estudiosa. Depois do curso secundário, entrei para a universidade e continuei morando na casa dos meus pais, pegava um ônibus até o centro da cidade para ir às aulas. Comecei estudando francês, mas mudei para educação, para ser professora de ensino primário.

No meu segundo ano de faculdade, conheci o Carl. Começamos a namorar, e quando fiz vinte anos já estava grávida.

Você ficou com medo?

Não do bebê. Não. Não de ter neném. Mas eu não sabia como nós íamos nos virar. Ainda faltava um ano e meio para o Carl se formar. No dia de Natal, ele foi se encontrar comigo na casa dos meus pais — ele morava em Omaha —, e juntos contamos para os meus pais, depois do almoço, todos nós sentados na sala de estar. Minha mãe simplesmente começou a chorar. Meu pai ficou furioso. Eu achei que você tivesse mais juízo. Ele cravou os olhos no Carl. Que diabo há de errado com você? Não há nada de errado com ele, eu disse. Só aconteceu. Não, só aconteceu coisa nenhuma. Ele fez acontecer. Havia duas pessoas envolvidas, papai. Ah, pelo amor de Deus, ele disse.

Nós nos casamos em janeiro, nos mudamos para um apartamentinho minúsculo e escuro no centro de Lincoln, eu arranjei um emprego temporário como balconista numa loja de departamentos, e nós ficamos esperando. O bebê veio numa noite de maio. Não deixaram o Carl entrar no quarto. Então, nós levamos o bebê para casa e fomos felizes, mesmo na penúria.

Seus pais não ajudaram vocês?

Não muito. O Carl não queria a ajuda deles. Na verdade, eu também não.

O bebê era a sua filha, então. Eu pensei que ela fosse mais nova.

Sim, era a Connie.

Só me lembro dela vagamente. Mas sei como ela morreu.

Sim. Addie parou de falar e se remexeu na cama. Falo sobre isso outra hora. Mas o que eu ia dizer é que, quando o Carl se formou, nós dois queríamos vir para o Colorado. Tínhamos ido para Estes Park uma vez, para umas férias curtas, e gostamos das montanhas. Também estávamos precisando sair de Lincoln e nos distanciar de tudo. Começar uma vida nova num lugar novo. O Carl conseguiu emprego como vendedor de seguros em Longmont, e nós moramos lá por uns dois anos. Depois o velho sr. Gorland daqui de Holt decidiu se aposentar, então nós fizemos um empréstimo e nos mudamos para cá, para o Carl assumir o escritório e os clientes dele. E estamos aqui desde então. Isso foi em 1970.

Como foi que você engravidou?
Como assim? Como qualquer pessoa engravida.
Bem, a memória que eu tenho é que nós todos éramos muito cuidadosos e nervosos naquela época.
Mas nós éramos jovens também. Carl e eu estávamos apaixonados. É a velha história. Tudo era novo e excitante.
Devia ser.
Ela soltou a mão dele, chegou para o lado e estendeu o corpo na cama. Ele se virou e olhou para ela na penumbra.
Por que você está fazendo isso?, ela perguntou. Qual é o problema?
Eu não sei.
Você está querendo saber sobre as circunstâncias?
Acho que sim.
Sobre o sexo?
Estou sendo mais imbecil do que de costume. Acho que estou meio enciumado ou sei lá.
Foi no meio do mato, numa estradinha de terra, no banco traseiro do carro, no escuro. Era isso que você queria saber?
Eu agradeceria se você pudesse só me dizer que sou um babaca filho da puta, disse Louis. Um idiota indescritível.
Está bem. Você é um babaca filho da puta.
Obrigado, disse ele.
Disponha. Mas você pode acabar estragando tudo. Você sabe disso. Mais alguma pergunta?
Seus pais chegaram a aceitar, algum dia, o que tinha acontecido?
Acabou que eles gostaram bastante do Carl. Minha mãe sempre achou o Carl um moreno bonito. E meu pai viu que o Carl era um homem trabalhador e que iria cuidar de nós direitinho. E claro que cuidou. Nós passamos por alguns momentos difíceis, mas de modo geral, no que dizia respeito a conforto fi-

nanceiro, depois dos primeiros sete ou oito anos, nós ficamos bem. O Carl era um bom provedor.

E aí em algum momento vocês tiveram um menininho para fazer par com a menina.

O Gene. A Connie tinha seis anos na época.

9.

Addie entrou com o carro na viela atrás da casa de Ruth, sua vizinha, saiu do carro e foi andando em direção à porta dos fundos. A velha senhora estava esperando, sentada numa cadeira na varanda. Ela tinha oitenta e dois anos. Quando Addie chegou, Ruth se levantou, e as duas mulheres desceram devagar os degraus da varanda. Ruth se apoiou no braço de Addie, foram até o carro e Addie a ajudou a entrar, esperou que ela ajeitasse as pernas finas e os pés lá dentro, depois pôs o cinto de segurança nela e fechou a porta. Seguiram com destino ao supermercado que ficava na estrada da região sudeste da cidade. Só havia alguns carros parados no estacionamento, uma manhã vagarosa de verão. Elas entraram, Ruth se agarrou a um carrinho de compras e as duas foram andando devagar pelos corredores, olhando para as prateleiras, sem pressa. Ruth não queria nem precisava de muita coisa, só de alguns enlatados e refeições congeladas, um pão de fôrma e um pacote de barrinhas de chocolate Hershey's. Você não vai comprar nada?, ela perguntou.

Não, disse Addie. Fiz compra outro dia. Vou levar só umas caixas de leite.

Eu não deveria comer esse chocolate, mas que diferença isso faz agora? Vou comer o que eu quiser e pronto.

Ela botou algumas latas de sopa e de guisado no carrinho, algumas caixas de comida congelada, duas caixas de cereal, um litro de leite e um pote de geleia de morango.

Já pegou tudo?

Acho que sim.

Você não quer umas frutas?

Não quero frutas frescas. Só vão estragar lá em casa. As mulheres foram até a seção de frutas enlatadas e ela pegou duas latas de pêssego em calda e algumas latas de pera, depois pegou também uma caixa de cookies de aveia com passas. Na caixa registradora, a funcionária olhou para a velhinha e perguntou: A senhora achou tudo, sra. Joyce? Tudo o que a senhora queria?

Eu não achei um bom homem. Não vi nenhum nas prateleiras. Não, eu não consegui encontrar nenhum bom homem no seu mercado.

Não? Sabe, às vezes eles estão mais perto do que a gente imagina, às vezes pertinho da casa da gente. Ela olhou de relance para Addie, que estava parada ao lado da velha senhora.

Quanto deu?, Ruth perguntou.

A funcionária deu o preço.

Sua blusa está manchada, disse Ruth. Não está limpa. Você não deveria vir trabalhar vestida assim.

A funcionária olhou para baixo. Não estou vendo nada.

Mas está aí.

Ruth pegou sua velha carteira de couro macio, contou devagar o dinheiro que tirou de lá e depositou as notas e as moedas bem arrumadinhas em cima do balcão.

Então foram para o carro. Addie botou as compras no banco de trás e entrou.

Na estrada, Ruth ficou olhando para a frente, onde o trem,

com seus vagões de gado e cereais, estava passando. Às vezes sinto ódio desta cidade, disse. Às vezes me arrependo de não ter ido embora daqui enquanto podia. Essa gentinha de cidade pequena, de mentalidade pequena.

Você está falando da caixa do mercado?

Sim, dela e de todo mundo que é como ela.

Você a conhece?

Ela é da família Cox. A mãe dela era a mesma coisa. Achava que podia meter o bedelho na vida de todo mundo. Tinha uma língua igual à dessa aí. Tenho vontade de dar um bom tapa naquela cara dela, disse Ruth.

Então você sabe de mim e do Louis, disse Addie.

Eu acordo cedo todo dia. Não consigo dormir. E tenho o hábito de me sentar perto da janela da frente e ficar vendo o sol surgir de detrás das casas do outro lado da rua. Então eu vejo o Louis de manhã, voltando para casa.

Eu sabia que alguma hora alguém o veria. Mas não tem importância.

Espero que esteja sendo bom para você.

Ele é um bom homem. Você não acha?

Acho que sim. Mas ainda não cheguei a uma conclusão definitiva. Ele sempre foi gentil comigo, na verdade, disse Ruth. Corta a minha grama, tira a neve da minha calçada no inverno. Começou a fazer isso antes de a Diana morrer. Mas ele não é nenhum santo. Já causou sua cota de sofrimento também. Posso te contar mais sobre isso. A mulher dele poderia ter te contado.

Acho que não vai ser necessário, disse Addie.

De qualquer forma, isso aconteceu há muito tempo, disse Ruth. Faz anos. Acho que a mulher dele acabou superando, em grande parte. As pessoas superam.

10.

Addie disse: Me fale da outra mulher.
Que outra mulher?
A mulher com quem você teve um caso.
Você sabe disso?
Todo mundo sabe.
Ela era casada, disse Louis. Seu nome era Tamara. Ainda é, se ainda estiver viva. O marido dela era enfermeiro, trabalhava à noite no hospital aqui da cidade. Era bem raro homens trabalharem como enfermeiros naquela época. As pessoas não sabiam muito bem o que pensar. Eles tinham uma filhinha de uns quatro anos, um ano mais velha que a Holly. Uma lourinha magra e durona. O pai dela, marido da Tamara, era um cara louro, grande e parrudo. Um bom sujeito, na verdade. Queria escrever contos. Acho que escreveu alguns, à noite, no hospital. Eles já haviam tido problemas antes, e a Tamara tinha tido um caso com um cara lá em Ohio. Era professora da escola secundária, como eu. Fazia só dois anos que eu estava trabalhando lá quando ela foi contratada.

Ela era professora de quê?

De inglês também. Dava aula para turmas do primeiro e do segundo ano. A matéria mais básica.

Você dava os cursos mais avançados.

É, dava, porque estava lá fazia mais tempo. Bem, então, ela estava infeliz em casa, e a Diane e eu também não estávamos muito bem.

Por que não?

Por minha causa, principalmente. Mas um pouco por causa dela também. Nós não conseguíamos conversar. Quando tínhamos uma discussão ou uma briga, ela começava a chorar e saía do quarto, não deixava que terminássemos de dizer o que tínhamos que dizer ou de discutir o que tínhamos que discutir. Isso só piorava a situação.

Aí, na escola, um de vocês fez algum tipo de movimento, de gesto, disse Addie.

É. Ela pôs a mão no meu braço numa hora em que estávamos sozinhos na sala dos professores. Você tem alguma coisa para me dizer?, ela perguntou. Que tipo de coisa?, eu disse. Tipo que você quer sair para tomar um drinque ou algo assim? Sei lá, eu disse. Você quer que eu diga? O que você acha? Isso foi em abril, meados de abril. Eu estava fazendo nossa declaração de imposto de renda e, no dia 15, depois do jantar, saí para levar a declaração até o correio para que fosse despachada a tempo. Na volta, passei de carro em frente à casa dela. Dava para ver de fora que ela estava sentada à mesa da sala de jantar, corrigindo trabalhos, então estacionei meu carro um pouco mais adiante na rua, vim andando até a varanda dela, bati na porta e ela abriu. Já estava de roupão. Você está sozinha?, perguntei.

A Pamela está aqui, mas já foi para a cama. Por que você não entra?

Então eu entrei.

E foi assim que começou?
Foi, no dia da entrega da declaração do imposto de renda. Parece maluquice, não?
Sei lá. Essas coisas acontecem das mais variadas formas.
Você sabe alguma coisa a esse respeito?
Eu sei alguma coisa sobre como essas coisas acontecem na vida das pessoas.
Você vai me contar?
Talvez. Um dia. E então, o que você fez?
Deixei a Diane e a Holly e fui morar com ela. O marido dela saiu de casa, foi para a casa de um amigo. E, bom, nós nos entendemos bem durante mais ou menos umas duas semanas. Ela era uma mulher bonita, durona, impetuosa. Tinha cabelo comprido, castanho, e olhos castanhos que, na cama, pareciam olhos de bicho. Uma pele linda, macia como cetim. Um corpo bastante magro.
Você continua apaixonado por ela até hoje.
Não. Mas acho que continuo um pouco apaixonado pela lembrança dela. Claro que as coisas acabaram ficando ruins no final. Uma noite, o marido dela chegou lá quando estávamos jantando na cozinha. A Tamara, a filhinha dela e eu. Nós ficamos lá, sentados em volta da mesa, conversando com o marido dela como se fôssemos todos muito modernos, avançados e sofisticados, como se fôssemos capazes de romper casamentos e seguir adiante como pessoas livres. Mas eu não consegui seguir adiante. Estava sentindo nojo de mim mesmo. O marido dela lá, na mesa, e ela e a menininha. Eu me levantei, saí de lá e fui dar uma volta de carro pelo campo. O céu estava todo estrelado, as luzes das fazendas e dos quintais tinham um brilho azulado no escuro. Tudo parecia normal, só que mais nada estava normal, tudo estava como que à beira de um precipício. Quando voltei, já tarde, ela estava na cama, lendo. Não posso fazer isso, eu disse.

Você vai embora?
Tenho que ir. Isso vai machucar muita gente. Já machucou. E aqui estou eu, tentando ser um pai para a sua filha, enquanto a minha está crescendo sem mim. Tenho que voltar, se não por outra razão, pelo menos por ela.
Quando você vai?
Esse fim de semana.
Então vem para a cama agora, ela disse. A gente ainda tem duas noites.
Eu me lembro daquelas noites. De como elas foram.
Não me conte. Não quero saber.
Não. Não vou contar. Quando estava saindo de lá, eu não disse nada, só chorei. Ela chorou também.
E depois?
Voltei para a Diane e para a Holly, me mudei de volta para a nossa casa e fiquei morando no andar de baixo, dormindo no sofá. A Diane praticamente não tocou no assunto. Nunca reagiu de modo vingativo, rancoroso nem mesquinho a nada disso. Ela viu que eu estava me sentindo péssimo. E acho que ela não queria me perder ou perder a vida que nós tínhamos.
Então, no verão, um dos meus antigos colegas de faculdade veio de Chicago para cá e quis sair para pescar. Eu o levei de carro até White Forest, nos arredores de Glenwood Springs, mas ele não gostou de lá, não estava acostumado com as montanhas. Quando descemos uma trilha íngreme até um riacho, ele ficou achando que estávamos perdidos. Nós pescamos peixes fantásticos, mas não adiantou. Então, voltamos para Holt, e a Diane veio me receber na porta. A Holly estava dormindo, tirando a soneca da tarde, e nós fomos direto para a cama, simplesmente não resistimos, e talvez tenha sido o melhor momento que nós tivemos juntos, aquele tipo de urgência em que você age sem pensar, enquanto o meu amigo nos esperava para jantar no andar de baixo. E foi isso.

Você nunca mais viu a Tamara?

Não. Mas ela voltou para Holt. Ela tinha se mudado para o Texas no final do ano letivo e arranjado um emprego por lá. Depois voltou para Holt e ligou para mim. Foi a Diane que atendeu. Disse: É para você. Quem é? Ela não falou nada, só me passou o telefone.

Era ela. A Tamara. Estou aqui na cidade. A gente pode se ver?

Não posso. Não. Não posso fazer isso.

Você não quer mais me ver?

Não posso.

A Diane estava na cozinha, ouvindo. Mas não foi isso. Eu já tinha me decidido. Tinha que ficar com ela e com nossa filha.

E depois?

A Tamara voltou para o Texas e começou a dar aula na escola onde ela tinha conseguido emprego. E a Diane me aceitou de volta.

Onde ela está agora?

Não sei. Ela e o marido nunca se reconciliaram. Então teve isso também. Eu não gosto de pensar na participação que eu tive nisso. Ela era do leste. De Massachusetts. Talvez tenha voltado para lá.

Você nunca mais falou com ela?

Não.

Continuo achando que você está apaixonado por ela.

Eu não estou apaixonado por ela.

Mas parece.

Não fui legal com ela.

Não, não foi.

Eu me arrependo disso.

E a Diane?

Ela nunca falou muito sobre isso depois. Ficou magoada

e com raiva quando a coisa estava começando. Mais naquela época do que depois — ficou chorando mais, quero dizer. Tenho certeza de que ela se sentiu rejeitada e injustiçada. E tinha toda a razão para se sentir assim. Acho que nossa filha captou esses sentimentos da mãe e isso provavelmente influenciou o modo como ela se sente em relação aos homens, inclusive em relação a mim. Ela tem a sensação de que precisa agir de determinada maneira, senão vai ser abandonada. Mas acho que eu me arrependo mais de ter magoado a Tamara do que de ter magoado a minha mulher. Como se eu tivesse traído o meu espírito ou algo assim. Como se eu tivesse deixado passar algum tipo de chamado para ser algo além de um professor de inglês medíocre do ensino secundário, numa cidadezinha poeirenta.

Sempre ouvi dizer que você era um bom professor. Várias pessoas daqui da cidade acham isso. Você foi um bom professor para o Gene.

Um bom professor, talvez. Mas não um professor fantástico. Eu sei disso.

11.

Você disse que se lembrava de como tinha sido, disse Addie.
Eu me lembro de algumas coisas. Foi no verão, não foi?
Dezessete de agosto. Um dia quente de verão, de céu azul e límpido. Eles estavam brincando lá fora, no jardim da frente. A Connie tinha aberto a água da mangueira e posto um daqueles esguichos antigos na ponta, do tipo que faz a água subir num jato em forma de cone, para que eles pudessem atravessar o jato. Ela e o Gene. Ele tinha cinco anos na época. Ela tinha onze, ainda nova o bastante para querer brincar com ele. Tinham vestido roupas de banho e estavam correndo de um lado para o outro pelo meio do jato de água ou saltando por cima dele, gritando. Aí a Connie pegou o Gene pela mão e o puxou para o meio do jato, com o bumbum virado para a água, e o segurou ali. Eu estava vendo aquilo tudo. Aí o Gene desatarraxou o esguicho, pegou a mangueira e saiu correndo atrás da Connie pelo quintal, jogando água nela. Estavam berrando e rindo, e eu fui até a cozinha para dar uma espiada na comida que estava fazendo para o jantar, uma sopa, e então ouvi um barulho de pneus can-

tando e um grito horrível. Fui correndo até a porta da frente e vi um homem parado ao lado do carro dele e o Gene chorando e gritando, olhando para a rua em frente ao carro do homem. Eu corri para lá. A Connie estava estatelada no meio da rua, de maiô, sangrando pelos ouvidos, pela boca e por um corte na testa, as pernas torcidas debaixo do corpo, os braços esticados em ângulos bizarros. O Gene não parava de chorar e berrar, o som de desespero mais terrível que já ouvi na vida.

O homem que estava dirigindo o carro — ele já não mora mais aqui — só dizia: Ai, meu Deus, ai, meu Deus, ai, meu Deus.

Você não precisa falar mais nada, disse Louis. Não precisa me contar. Eu já me lembrei.

Não. Eu quero falar. Alguém chamou uma ambulância. Nunca cheguei a saber quem foi. Eles vieram e botaram a Connie numa maca, e eu subi na ambulância com eles. O Gene continuava chorando, então disse para ele entrar na ambulância comigo. Eles não queriam deixar, mas eu soltei um palavrão e gritei: Ele vai sim! Agora vamos embora.

Ela estava com um corte horrível na cabeça, já inchado e escuro, e continuava saindo sangue dos ouvidos e da boca. Eles me deram toalhas para limpá-la. Coloquei a cabeça ensanguentada dela no meu colo e nós fomos, com aquela sirene terrível aos berros. Quando chegamos ao estacionamento do hospital, eles a levaram lá para dentro pela entrada dos fundos. A enfermeira disse: Por aqui, mas não acho que seja um bom lugar para esse menininho. Vou pedir que alguém o leve para a sala de espera. Ele começou a gritar de novo, a recepcionista o levou, e nós entramos no setor de emergência. Eles a botaram na cama e o médico veio. Ainda estava viva nessa hora, mas inconsciente. Os olhos dela estavam fechados e ela respirava com dificuldade. Um dos braços dela tinha quebrado e também algumas costelas. Eles ainda não sabiam o que mais havia de errado. Pedi que ligassem para o Carl, para o escritório dele.

Eu fiquei com ela. Depois de um tempo, o Carl foi para casa com o Gene, para cuidar dele, e eu passei a noite com ela. Por volta das quatro da manhã, ela acordou e ficou olhando para mim por alguns instantes. Eu estava chorando, e ela só ficou olhando para mim, sem dizer nada. Suspirou duas ou três vezes e pronto. Simplesmente se foi. Eu a peguei nos braços e fiquei balançando, como se ninasse um bebê, e chorando, chorando. A enfermeira entrou no quarto, e pedi a ela que avisasse o Carl.

O resto do dia é uma confusão de coisas na minha memória. Só sei que nós providenciamos o enterro dela e, à noitinha, fomos para a funerária. Depois que ela foi embalsamada, nós deixamos que o Gene entrasse para vê-la. Ele não tocou nela. Estava com muito medo.

E tinha toda a razão para estar.

Pois é. Tinham posto uma maquiagem pesada no rosto dela para esconder as manchas roxas, fechado o corte na testa e a vestido com um dos vestidos azuis dela. Dois dias depois ela foi enterrada, quer dizer, o corpo dela foi enterrado, lá no cemitério. Às vezes tenho a impressão de que ainda consigo falar com ela. Com o espírito dela. Ou com a alma, se você preferir. Mas ela parece estar bem agora. Uma vez ela me disse: Está tudo bem. Não se preocupe. Eu quero acreditar nisso.

Claro, disse Louis.

O Carl queria que a gente se mudasse para outra casa aqui da cidade, mas eu não quis — não queria sair daqui. Foi bem na frente desta casa. Foi aqui que ela morreu, eu disse. Este lugar é sagrado para mim. Então nós ficamos aqui. Talvez devêssemos ter nos mudado, pelo bem do Gene.

Ele nunca superou o trauma.

Nenhum de nós superou. Mas foi ele que fez com que ela saísse correndo para o meio da rua na frente de um carro. Ele era só um menininho correndo atrás da irmã com uma mangueira.

Depois do que aconteceu, sua esposa veio aqui em casa algumas vezes para ver como eu estava. Isso foi gentil da parte dela. Eu fiquei agradecida. Sou grata a ela por isso. A maioria das pessoas ficava constrangida demais para dizer o que quer que fosse.
   Eu deveria ter vindo com ela.
   Teria sido bom.
   Pecados de omissão, disse Louis.
   Você não acredita em pecado.
   Eu acredito que existam falhas de caráter, como eu disse antes. Isso é um pecado.
   Bem, você está aqui agora.
   É aqui que eu quero estar agora.

12.

Vou passar alguns dias sem vir aqui, disse Louis.

Por quê?

A Holly vem passar o fim de semana do feriado em homenagem aos soldados mortos aqui comigo. Acho que ela quer me dar um puxão de orelha.

Como assim?

Acho que rumores sobre nós dois chegaram aos ouvidos dela. Imagino que ela queira que eu me comporte.

O que você acha disso?

De me comportar? Eu estou me comportando. Estou fazendo o que quero sem prejudicar ninguém. E espero que esteja sendo bom para você também.

Está sendo.

Vou ter que ouvir o que ela tem a dizer. Mas não vou mudar nada. Não vou fazer o que ela quer que eu faça, assim como ela também não faz o que eu quero em relação aos homens com quem ela sai. Ela vive se envolvendo com caras que precisam de apoio. Eles se encostam nela. Ela cuida deles durante mais ou menos um ano, depois se cansa ou alguma coisa explode e aí ela passa um tempo sozinha. Depois encontra outro cara de quem cuidar. No momento, está num intervalo entre caras.

Você me liga quando puder voltar?

13.

No dia seguinte, Holly chegou a Holt, tendo vindo de carro de Colorado Springs, e Louis a recebeu na porta e lhe deu um beijo. Eles jantaram na mesa de piquenique no quintal. Depois, lavaram a louça juntos e se sentaram na sala de estar para tomar vinho.

Estou pensando em ir para a Itália, passar umas duas semanas lá no verão, disse ela. Para fazer um curso de gravura em Florença.

Parece ótimo. Acho que vai ser muito bom para você.

Já reservei as passagens. Fui aceita numa oficina de gravura.

Que bom. Você precisa de ajuda para pagar a viagem?

Não, pai. Não preciso de nada, não. Ela ficou olhando para ele por um momento. Mas estou preocupada com você.

Ah, é?

É. O que você está fazendo com a Addie Moore?

Estou aproveitando a vida.

O que a mamãe diria disso?

Não sei, mas tenho a impressão de que ela entenderia. Ela

tinha uma capacidade muito maior de perdoar e de entender do que as pessoas imaginavam. Era sábia, em muitos aspectos. Via as coisas num contexto mais amplo do que as pessoas costumam ver.

Mas, pai, isso não é certo. Eu nem sabia que você gostava da Addie Moore. Não sabia nem que você a conhecia tão bem assim.

Você tem razão, eu não a conhecia muito bem. Mas é exatamente por isso que está sendo tão bom. Passar a conhecer bem uma pessoa nessa idade. E descobrir que você gosta dela e que você ainda não está completamente esgotado, afinal.

Mas é constrangedor.

Para quem? Para mim não é.

Mas as pessoas sabem de vocês.

Claro que sabem. E estou pouco me importando com isso. Quem foi que te contou? Deve ter sido uma daquelas suas amigas caga-regras aqui da cidade.

Foi a Linda Rogers.

Não falei?

Bem, ela achou que eu deveria saber.

Agora você sabe. E você quer que eu pare, é isso? Que diferença iria fazer? As pessoas continuariam sabendo que nós estivemos juntos.

Mas não seria a mesma coisa. Aquele flagrante na sua cara todo dia.

Você se preocupa demais com as pessoas desta cidade.

Alguém tem que se preocupar.

Eu não me preocupo mais. Aprendi isso.

Aprendeu com ela?

Sim, com ela.

Mas ela também nunca me passou a impressão de ser uma mulher moderna nem leviana.

Não é leviandade. Isso é ignorância.

O que é, então?

É uma espécie de decisão de ser livre. Mesmo na nossa idade.

Você está agindo como um adolescente.

Eu nunca agi assim quando era adolescente. Nunca desafiei nada. Sempre fiz o que esperavam que eu fizesse. Já você fez bastante isso, se me permite dizer. Gostaria que você encontrasse uma pessoa de mais iniciativa. Uma pessoa que fosse para a Itália com você e acordasse num sábado de manhã e a levasse para o alto das montanhas para ver a neve, fazendo você voltar para casa se sentindo plena com a experiência.

Detesto quando você fala assim. Me deixe, pai. Sou eu que decido como viver minha própria vida.

Isso vale para nós dois. Vamos fazer disso um trato? Um pacto de paz?

Ainda acho que você deveria pensar sobre isso.

Eu já pensei. E gosto de como as coisas estão.

Francamente, pai.

No dia seguinte, Holly recebeu um telefonema. Ela contou a Louis do que se tratava.

Era a Julie Newcomb. Como a Linda Rogers, ela achou que precisava me contar o que você anda fazendo. Eu disse que já sabia. E falei: Mas foi bom você ter me ligado. Outro dia mesmo pensei em você. É que fui a um restaurante, pedi um cordeiro e fiquei me perguntando se o seu marido continua trepando com ovelhas. Ela disse: Vai se foder, piranha, eu estava te fazendo um favor. E aí ela desligou.

Nossa, você pensou rápido.

Ah, eu nunca suportei aquela mulher. Mas continuo achando constrangedor.

Bom, minha querida, isso é um problema seu, não meu. Já disse que não me sinto constrangido. Nem a Addie Moore.

14.

No fim, acabei por admirar algumas das qualidades dela, disse Louis. Era uma boa pessoa, com valores próprios muito bem definidos. Ela se recusava a fazer o que os outros esperavam dela. Nós ficamos bem apertados financeiramente durante alguns anos no início, mas ela nunca quis ter uma carreira. Tinha suas próprias ideias. Queria sua independência. Mas não sei se ela era feliz desse jeito. As pessoas hoje falam muito que a vida é uma jornada, então você poderia dizer que era isso que ela estava fazendo. Ela tinha algumas amigas aqui na cidade. Elas se reuniam na casa de alguma delas para conversar sobre suas vidas e sobre o que as mulheres queriam. Ela falava sobre nós nessas reuniões, tenho certeza. O movimento de liberação feminina estava começando a ganhar força na época. Mas nós também tínhamos alguns outros problemas. E eu achava no mínimo curioso ficar tomando conta da Holly à noite enquanto a mãe dela estava na casa de outra pessoa se queixando de mim com as amigas. Parecia um pouco irônico. E teve o caso com a Tamara.

Eu tinha entendido que ela tinha te perdoado, disse Addie.

Acho que ela me perdoou. Acho que ela me queria de volta na época. Mas tenho certeza de que isso veio à baila nas conversas delas. Deu para perceber que as amigas dela passaram a me ver de um jeito diferente. Mas ela amava a Holly. Desde o início. Elas eram muito próximas. A Diane se abria totalmente com ela, e isso desde que a Holly era bem novinha. Eu não achava isso certo, conversar com a menina daquela maneira, contando tudo. Mas ela contava assim mesmo. Sempre manteve a Holly chegada a ela.

Você não contou como se conheceram.

Ah. Bem, foi como você disse que você e o Carl se conheceram. Na faculdade, em Fort Collins. Nos casamos logo depois de nos formarmos. Ela era uma moça linda. A gente não sabia nada sobre como cuidar de uma casa, não entendia nada de serviços domésticos. Ela nunca havia cozinhado quando mais nova nem feito muitas tarefas domésticas. A mãe dela se encarregava de tudo. Eu cresci aqui em Holt.

Sim, eu sei disso.

Durante uns dois anos, depois que nos formamos, eu trabalhei numa escola pequena em Front Range e, quando abriu uma vaga na escola secundária daqui, me candidatei e fui contratado. Aí voltei para a minha cidade natal e aqui estou desde então. Isso tem quarenta e sete anos. Nós tivemos a Holly e, como eu disse, a Diane não quis trabalhar quando pôde, depois que a Holly foi para a escola.

Eu também nunca tive uma carreira, na verdade.

Mas você trabalhava, que eu sei.

Mas não tive uma carreira, como você. Fui secretária e recepcionista no escritório do Carl durante mais ou menos um ano, mas nós dávamos nos nervos um do outro passando o dia inteiro juntos e depois a noite também em casa. Era tempo demais juntos. Então trabalhei num banco durante um tempo e depois numa repartição da prefeitura, como escriturária. Mas tenho certeza de que você já sabe disso. Foi o emprego em que fiquei mais tempo. Eu via e ouvia todo tipo de coisa lá. As coisas que as pessoas fazem. Os tipos de encrenca em que elas se metem. Era um trabalho chato e tedioso, salvo por essas histórias de que você ficava sabendo sobre as pessoas.

Bem, a Diane continuou fiel a si mesma, disse Louis. Até o fim. Como eu disse, hoje eu sei dar valor a isso. Na época, não. Mas nós não sabíamos de nada quando tínhamos vinte anos e éramos recém-casados. Só tínhamos o instinto e os padrões com que havíamos crescido.

15.

Numa noite de junho, Louis disse: Tive uma ideia hoje.
Quer ouvir o que pensei?
Claro.
Bem, eu falei para você da insinuação que o Dorlan Becker fez sobre nós lá na padaria e das antigas amigas de escola da Holly que ligaram para ela.
Sim, e eu falei do que a moça da caixa disse quando fui ao mercado com a Ruth. E do que a Ruth disse.
A minha ideia é a seguinte. Como nós já ficamos falados, por que não tirar proveito disso? Vamos para o centro em plena luz do dia, almoçar no Holt Café, depois dar um passeio sem pressa pela rua principal e aproveitar a tarde.
Quando você quer fazer isso?
Nesse sábado, ao meio-dia, para pegar o horário de maior movimento no café.
Está bem. Eu topo.
Eu venho te buscar.
De repente eu até ponho uma roupa colorida e chamativa.

É isso aí, disse Louis. De repente eu visto uma camisa vermelha.

No sábado, ele chegou um pouco antes do meio-dia à casa de Addie, que apareceu com um vestido de verão amarelo decotado nas costas, e ele usava uma camisa xadrez vermelha e verde de manga curta. Foram andando pela Cedar Street até a rua principal, seguiram pela calçada ao longo de quatro quarteirões, depois passaram em frente às lojas daquele lado da rua, em frente ao banco, à loja de sapatos, à joalheria e à loja de departamentos, caminhando por todas aquelas falsas fachadas antigas. Pararam na esquina da Second com a Main Street sob o sol brilhante do meio-dia para esperar o sinal abrir, olhando de frente para as pessoas que passavam, cumprimentando-as e acenando a cabeça, os dois de braços dados, depois atravessaram a rua em direção ao Holt Café, onde ele abriu a porta para ela e entrou em seguida. Ficaram esperando que alguém viesse conduzi-los a uma mesa. Algumas pessoas olharam para os dois. Eles conheciam cerca de metade das pessoas que estavam no café, ou ao menos sabiam quem elas eram.
 Uma moça veio e perguntou: Mesa para dois?
 Sim, disse Louis. Nós gostaríamos de ficar numa daquelas mesas do meio.
 Eles seguiram a moça até uma mesa. Louis puxou uma cadeira para Addie e então se sentou não em frente, mas ao lado dela. A moça anotou o pedido dos dois, e Louis segurou a mão de Addie em cima da mesa, depois olhou em volta. A comida veio e eles começaram a comer.
 Não parece nada de muito revolucionário até agora, disse Louis.
 Não. As pessoas costumam ser educadas em público. Nin-

guém quer dar vexame. E, de qualquer forma, acho que estamos exagerando um pouco a coisa toda. As pessoas têm coisas demais na cabeça para ficarem se preocupando com nós dois.

Antes que eles terminassem de comer, três mulheres passaram separadamente pela mesa deles para cumprimentá-los e depois foram embora.

A última delas disse: Ouvi falar de vocês dois.

O que você ouviu?, Addie perguntou.

Ah, que vocês andam se encontrando. Gostaria de poder fazer isso.

E por que não pode?

Não conheço ninguém. E eu ficaria com medo, de qualquer forma.

Você pode se surpreender.

Ah, não. Eu não conseguiria. Não na minha idade.

Eles comeram devagar e depois pediram sobremesa, sem pressa alguma. Terminado o almoço, os dois se levantaram e voltaram para a Main Street, agora andando pela outra calçada da rua, passando na frente das lojas e das pessoas que olhavam para fora pelas portas abertas — abertas para deixar entrar qualquer ventinho que por ventura batesse —, e percorreram os três quarteirões até a Cedar.

Quer entrar? Addie perguntou.

Não. Mas eu volto à noite.

16.

Addie Moore tinha um neto chamado Jamie que havia acabado de completar seis anos. No início do verão, os problemas entre os pais dele se agravaram. Brigas feias vinham acontecendo na cozinha e no quarto, acusações e recriminações, ela chorando e ele gritando. Por fim, os dois resolveram passar um tempo separados, a título de experiência, e ela foi para a casa de uma amiga na Califórnia, deixando Jamie com o pai. Ele telefonou para Addie e contou o que havia acontecido, disse que a mulher tinha largado o emprego de cabeleireira e viajado para a Costa Oeste.

Qual é o problema?, Addie perguntou. Por que isso?

A gente não está conseguindo se entender. Ela se recusa a ceder um milímetro seja no que for.

Quando foi que ela viajou?

Faz dois dias. Não sei o que fazer.

E o Jamie?

Foi por isso que liguei. Será que daria para ele passar um tempo aí com você?

Quando a Beverly vai voltar?

Não sei se ela vai voltar.
Ela não vai simplesmente abandonar o filho, vai?
Mãe, eu não sei. Não posso dizer o que ela vai fazer. E tem mais uma coisa que ainda não te contei. Eu só tenho até o final do mês. Vou ter que fechar a loja.
Por quê? O que houve?
É a economia, mãe, não sou eu. Ninguém quer comprar móveis novos nessa situação. Eu preciso da sua ajuda.
Quando você quer trazer o Jamie para cá?
Nesse fim de semana. Até lá eu dou um jeito.
Está bem. Mas você sabe como essas coisas são difíceis para crianças pequenas.
Que outra saída eu tenho?

Naquela noite, quando Louis chegou à casa dela, Addie contou a ele sobre o novo arranjo.
Imagino que isso seja o fim para nós, disse ele.
Ah, não, eu não acho que seja não, disse Addie. Espere só um ou dois dias para que ele se acostume um pouco, está bem? Então venha aqui durante o dia para conhecê-lo e depois volte à noite. Nós podemos ao menos tentar. E vou precisar da sua ajuda com ele de qualquer forma. Se você estiver disposto a ajudar.
Faz muito tempo que não convivo com crianças pequenas, disse Louis.
Eu também, disse ela.
O que está havendo com os pais dele? Qual é o problema específico do casal?
Ele é controlador demais, protetor demais, e ela não está mais aguentando. Está com raiva e quer fazer coisas sozinha. Não é uma história nova. O Gene não encara desse jeito, lógico.
Alguns dos problemas dele têm a ver com o que aconteceu com a irmã, imagino.

Ah, eu tenho certeza que sim. Quanto à Beverly, eu não sei dizer. Nunca cheguei a ficar muito próxima dela. Não acho que ela queira muita intimidade comigo. Tem outra coisa também. O Gene está perdendo a loja dele. Ele teve a ideia de vender móveis sem pintura, para que as pessoas pudessem comprar por um preço mais baixo e pintar por conta própria. Nunca achei que fosse uma ideia muito boa. Agora pode ser que tenha que pedir falência. Ele me contou isso hoje de manhã também. Vou ter que sustentá-lo até que ele encontre alguma coisa nova. Eu já o ajudei antes e concordei em ajudá-lo de novo.

O que ele gostaria de fazer?

Ele sempre trabalhou com vendas de algum tipo.

Isso não parece combinar muito com ele, pelo que me lembro do Gene.

Não. Ele não tem o menor jeito de vendedor. Acho que está com medo agora. Mas jamais diria.

Mas isso pode ser uma oportunidade para ele se libertar. Quebrar os padrões. Como a mãe dele quebrou. Como você fez.

É, mas ele não vai. O Gene tem a vida dele toda muito bem amarradinha. Agora ele precisa de ajuda, e tenho certeza de que está odiando isso. Ele tem um temperamento difícil, e isso transparece nessas horas. Nunca aprendeu a lidar com o público e se ressente de ter que me pedir o que quer que seja.

No sábado de manhã, Gene trouxe o menino para a casa de Addie e ficou para almoçar. Depois, trouxe a mala e os brinquedos do filho e lhe deu um abraço. Jamie chorou quando o pai voltou para o carro. Addie pôs os braços em volta dele e o segurou quando tentou ir atrás do pai, deixou que ele chorasse e, depois que o carro se foi, conseguiu convencê-lo a voltar para dentro de casa. Fez com que ele se interessasse em ajudá-la a bater uma massa de bolo para fazer *cupcakes*, depois a encher as forminhas de papel e botá-las no forno. Mais tarde, depois que confeitaram os bolinhos, o menino comeu um e tomou um copo de leite.

Gostaria de levar dois desses bolinhos para um vizinho amigo meu. Você pode escolher dois para a gente levar até a casa dele?

Onde ele mora?

No próximo quarteirão.

Quais deles eu levo?

Os que você quiser.

Ele escolheu dois dos que tinham menos cobertura, que Addie acomodou numa embalagem de plástico. Os dois então foram andando até o outro quarteirão e bateram na porta de Louis. Quando ele abriu a porta, Addie disse: Esse é o meu neto, Jamie Moore. Nós trouxemos uma coisa para você.

Vocês querem entrar?

Só por um minutinho.

Eles se sentaram na varanda e ficaram olhando para a rua, para as casas silenciosas em frente, as árvores, os raros carros que passavam. Louis perguntou a Jamie se ele gostava de ir para a escola, mas Jamie não quis falar, e, pouco tempo depois, Addie voltou para casa com o neto. Ela preparou o jantar enquanto Jamie brincava com o celular, depois o levou lá para cima e disse: Este era o quarto do seu pai quando ele era mais novo. Ela o ajudou a guardar as roupas nas gavetas, o menino foi para o banheiro e escovou os dentes. Depois voltou e se deitou, e Addie ficou lendo para ele durante algum tempo, depois apagou a luz. Deu um beijo nele e disse: Se você precisar de alguma coisa, estou logo ali do outro lado do corredor.

Você pode deixar a luz acesa?

Vou ligar a luz desse abajur aqui.

E deixe a porta aberta, vovó.

Vai ficar tudo bem, meu amor. Eu estou aqui.

Addie foi para seu quarto, trocou de roupa e deu uma espiada na direção do quarto do neto. Jamie ainda estava acordado, olhando para o vão da porta.

Está tudo bem?

Ele estava brincando com o celular de novo.

Acho que agora você deveria guardar isso e dormir.

Só um instantinho.

Não. Quero que você faça isso agora. Ela foi até a cama dele, pegou o celular e o colocou em cima da cômoda. Agora tente dormir, amor. Feche os olhos. Ela se sentou na beira da cama e ficou fazendo carinho na testa e no rosto dele. Ficou ali por um bom tempo.

No meio da noite, Addie acordou quando Jamie entrou no seu quarto. Ele chorava, então ela o chamou para deitar na cama com ela, abraçou-o, e, passado um tempo, ele acabou pegando no sono de novo. Quando amanheceu, ele ainda estava com ela na cama grande.

Ela lhe deu um beijo. Vou ao banheiro e já volto. Quando ela saiu do banheiro, ele estava parado no corredor, em frente à porta. Não precisa ficar com medo, meu amor. Eu não vou a lugar nenhum. Não vou te deixar sozinho. Eu estou bem aqui.

17.

A segunda noite foi bem parecida com a primeira. Depois do jantar, ela encontrou um baralho e ensinou a ele um jogo de cartas na mesa da cozinha, e então subiram para o quarto. O menino se preparou para ir para a cama, ela se sentou numa cadeira ao lado dele, pôs o celular em cima da cômoda, leu histórias durante uma hora, deu-lhe um beijo e, deixando a luz acesa e a porta aberta, foi para seu quarto e começou a ler. Levantou-se uma vez para ver como ele estava e viu que ele tinha adormecido e que o celular continuava em cima da cômoda. No meio da noite, Jamie veio de novo para o quarto dela chorando, ela o acolheu em sua cama, e, de manhã, ele ainda estava dormindo quando Addie acordou. Os dois tomaram café da manhã na cozinha e foram lá para fora. Ela o levou para conhecer o quintal, chamando a atenção para as flores nos canteiros, dizendo o nome das árvores e dos arbustos, depois o levou até a garagem onde o carro dela estava estacionado, mostrando a bancada onde Carl costumava consertar coisas e as ferramentas penduradas num quadro na parede logo acima. O menino se mostrou muito interessado.

Então Louis foi vê-los. O que acha da ideia de dar um pulo até a minha casa com sua avó? Louis perguntou. Tem uma coisa lá que eu queria mostrar para você.

Nos fundos, num canto do galpão de ferramentas, Louis havia encontrado naquela manhã um ninho de camundongos recém-nascidos. Todos cor-de-rosa e ainda cegos, os bebês camundongos estavam se contorcendo, se remexendo e soltando pequenos gemidos. O menino ficou com um pouco de medo deles.

Eles não vão te machucar, disse Louis. Não têm como machucar ninguém. São só bebezinhos. Ainda estão mamando. A mãe ainda não os desmamou. Você sabe o que quer dizer desmamar?

Não.

É quando a mãe para de dar de mamar para os filhotes e eles têm que aprender a comer outras coisas.

Que coisas?

Sementes e pedaços de alimentos que ela encontra. A gente pode vir aqui dar uma espiadinha neles todos os dias para ver como vão mudando. Agora é melhor a gente colocar a tampa de volta para eles não ficarem com frio nem assustados. Já tiveram agitação demais por um dia.

Quando os três saíram do galpão, Addie disse: Você precisa de ajuda para cuidar do seu jardim e da sua horta hoje?

Estou sempre precisando de uma mãozinha por aqui.

Talvez o Jamie possa ajudar.

Vamos perguntar a ele, então. Você estaria disposto a me ajudar um pouquinho?

Ajudar a fazer o quê?

A arrancar o mato e regar as plantas.

Você deixa, vó?

Deixo. Você fica aqui com o Louis, e depois, quando tiverem terminado, ele leva você de volta para casa e nós almoçamos todos juntos.

O menino nunca havia arrancado mato antes. Louis precisou mostrar a ele o que arrancar dos canteiros e o que deixar. Eles ficaram fazendo isso durante algum tempo, mas, como o menino não se mostrou muito interessado, Louis foi buscar a mangueira, girou o esguicho para a posição de baixa pressão e mostrou a ele como regar a base das plantas — os pés de cenoura, beterraba e rabanete — sem deixar que as raízes ficassem expostas. O menino achou aquilo mais interessante. Depois desligaram a água e foram para a casa de Addie. Os dois lavaram as mãos no banheiro contíguo à sala de jantar. Addie trouxe a comida para a mesa e eles se sentaram para comer sanduíches com batata frita e tomar limonada.

Posso jogar no meu celular agora?

Pode. Depois eu quero que a gente tire um cochilo.

O menino subiu para o quarto, pegou o celular e se deitou na cama.

Talvez eu não deva vir para cá hoje à noite ainda, disse Louis.

Concordo. Talvez amanhã. Mas hoje correu tudo muito bem, você não acha?

Me pareceu que sim, mas não sei o que está se passando na cabeça daquele menininho. Não deve estar sendo fácil para ele ficar longe de casa.

Vamos ver como vai ser amanhã.

À noite, depois de ficar acordado na cama por algum tempo, Jamie se levantou, foi buscar o celular e ligou para a mãe, na Califórnia. Ela não atendeu. Ele deixou um recado. Mãe, onde você está? Quando é que você volta? Estou na casa da vovó. Quero ir para perto de você. Me liga, mãe.

Ele desligou e telefonou para o pai. Gene atendeu depois que o menino já tinha começado a deixar um recado.

Jamie, é você?

Pai, quando você vem me buscar?

Por quê? O que houve?

Eu quero ficar com você.

Você precisa ficar com a vovó um tempinho. Eu tenho que sair para trabalhar todo dia. Nós conversamos sobre isso, lembra?

Eu quero voltar para casa.

Agora não dá. Mais tarde, quando começarem as aulas na escola.

Mas ainda falta muito.

Vai melhorar. Você não está se divertindo nem um pouquinho? O que fez hoje?

Nada.

Você não fez nada o dia inteiro?

A gente viu uns bebês camundongos.

Ah, é? Onde?

Na casa do Louis.

Louis Waters. Vocês foram lá?

No galpão dele. Eles são bebezinhos. Nem abriram os olhos ainda.

Não toque neles.

Eu não toquei.

Você foi lá com a vovó?

Fui. Depois a gente almoçou.

Parece ter sido um dia bem legal.

Mas eu quero ficar com você.

Eu sei. Logo, logo nós vamos ficar juntos de novo.

A mamãe não atendeu o telefone dela.

Você ligou para ela?

Liguei.

Quando?
Quase agora.
Já está tarde. Ela provavelmente estava dormindo.
Mas você atendeu.
Mas eu estava dormindo. Só acordei quando ouvi o telefone.
Talvez a mamãe tenha saído com alguém.
Talvez. Agora você precisa desligar o telefone e ir dormir. A gente se fala em breve.
Amanhã.
Tá, amanhã. Boa noite.

Jamie desligou e pôs o celular de volta em cima da cômoda, onde Addie o tinha deixado. Mais para o meio da noite, porém, ele acordou com medo, começou a chorar e foi para o quarto da avó.

18.

Ele dormiu parte daquela noite com Addie de novo. De manhã, depois de tomarem café, Jamie foi sozinho até a casa de Louis e bateu na porta da frente.
Olha quem voltou, disse Louis. Cadê a sua avó?
Ela falou que eu podia vir aqui para te ver. Falou para eu dizer para você ir almoçar na casa dela.
Está bem. O que você quer fazer?
Posso ver os camundongos?
Pode. Vou só lavar a louça e pegar meu chapéu, aí a gente vai. Você também precisa de um chapéu. O sol está muito forte para a gente sair com a cabeça descoberta. Você não tem um boné?
Deixei em casa.
Então é melhor a gente arranjar outro.
Eles foram até o galpão no quintal dos fundos e Louis levantou a tampa da caixa. A mãe fugiu pela lateral da caixa e se escondeu, enquanto os filhotes subiam uns nos outros e gemiam. O menino se abaixou para vê-los mais de perto. Posso tocar neles?

É melhor não, ainda são muito pequenos. Daqui a mais ou menos uma semana já deve dar.

Eles ficaram observando os camundongos por um tempo. Um deles rastejou até a beira da caixa e levantou a cabeça, mostrando sua carinha cega.

O que ele está fazendo?

Não sei. Talvez esteja farejando o ar. Ele ainda não enxerga nada. É melhor colocar a tampa de volta.

Posso voltar aqui amanhã para ver como eles estão?

Pode, mas não quero que você entre aqui sem mim.

Eles trabalharam na horta de novo, arrancando mato e regando os pés de beterraba e de tomate. Ao meio-dia, foram para a casa de Addie e almoçaram. Quando o menino foi para o quarto jogar no celular, Addie disse: Acho que já dá para você vir para cá hoje à noite.

Será que não é cedo demais?

Não, ele gosta de você.

Ele não fala muito.

Mas a gente vê que ele está sempre te observando. Ele quer a sua aprovação.

Só acho que as coisas estão bem difíceis para ele no momento.

É, estão. Mas você está ajudando. Sou muito grata por isso.

Tem sido um prazer para mim.

Então você vem hoje à noite?

Está bem, vamos fazer uma experiência.

Então, quando anoiteceu, Louis foi até a casa de Addie, e ela o recebeu na porta. Ele está lá em cima, disse ela. Eu disse a ele que você viria.

E como ele reagiu?

Ele quis saber a que horas você vinha. E por que você vinha.
Louis riu. Queria ter visto isso. O que foi que você respondeu?

Eu disse que você é um bom amigo e que às vezes nós passamos a noite juntos, nos deitamos e conversamos.

Bem, nada disso é mentira, disse Louis.

Na cozinha, Louis tomou sua garrafa de cerveja, Addie bebeu sua taça de vinho e depois os dois subiram até o quarto de Jamie. Ele estava jogando no celular. Addie pôs o celular em cima da cômoda e depois leu para o menino, enquanto Louis, sentado na cadeira, também ouvia. Mais tarde, saíram do quarto deixando a luz acesa e a porta aberta e foram para o quarto dela. Louis trocou de roupa no banheiro e foi para a cama. Eles ficaram conversando um tempo, de mãos dadas, depois pegaram no sono. No meio da noite, acordaram com o menino gritando e foram correndo para o quarto dele. Ele estava suado e chorando, os olhos frenéticos.

O que houve, meu amor? Você teve um sonho ruim?

Ele continuou chorando. Louis pegou o menino no colo, carregou-o até o outro quarto e o botou no meio da cama grande.

Está tudo bem, filho, disse Louis. Nós dois estamos aqui. Você pode dormir um pouquinho com a gente. Nós vamos ficar aqui, eu de um lado e a sua avó do outro. Ele olhou para Addie. Vamos formar um trio, com você no meio.

Louis se deitou na cama. Addie saiu do quarto.

Onde a vovó vai?

Ela já volta. Só saiu para ir ao banheiro.

Addie voltou e se deitou do outro lado da cama. Agora vou apagar a luz, disse ela. Mas nós estamos todos aqui.

Louis deu a mão para o menino e os três ficaram deitados juntos, no escuro.

Escurinho bom, disse Louis. Bem gostoso e confortável. Não

há nada com que se preocupar, nada do que ter medo. Ele começou a cantar baixinho. Tinha uma voz bonita de tenor. Cantou "Someone's in the Kitchen with Dinah" e "Down in the Valley". O menino relaxou e pegou no sono.

Addie disse: Nunca tinha ouvido você cantar.

Eu costumava cantar para a Holly.

Você nunca cantou para mim.

Eu não queria te assustar. Você podia acabar me mandando embora.

Foi bacana o que você fez, disse ela. Às vezes você é um homem muito bacana.

Imagino que nós vamos ter que ficar assim, separados, a noite inteira.

Vou mandar bons pensamentos aí para o seu lado.

Tente não ter pensamentos muito picantes. Pode atrapalhar meu descanso.

Nunca se sabe.

19.

Num fim de tarde daquele verão, Louis foi buscar Addie, Jamie e Ruth de carro e os levou ao Shattuck's Café, na beira da autoestrada, para comer hambúrguer. A velha senhora se sentou na frente com Louis, e Addie e o menino se sentaram atrás. A atendente anotou os pedidos e depois voltou trazendo as bebidas, os hambúrgueres e guardanapos, e então eles comeram dentro do carro. O automóvel estava parado de costas para a autoestrada, e não havia muita coisa para ver na frente deles, a não ser o quintal dos fundos de uma casinha cinza, no terreno atrás da lanchonete. Quando terminaram de comer, Louis disse: É melhor nós comprarmos milk-shakes pra levar.

Para onde você vai nos levar?, Ruth perguntou.

Estava pensando em levar vocês para ver uma partida de softbol.

Ih, nossa, tem uns trinta anos que não faço isso, disse ela.

Então está mais que na hora de voltar a fazer, disse Louis. Ele pediu quatro milk-shakes e depois os levou até a quadra atrás da escola secundária, parando o carro sob o clarão dos holofotes,

virado em direção à base do batedor, atrás da grade que cercava o campo externo.
Acho que eu e o Jamie vamos ver o jogo lá da arquibancada por um tempo. Então vou passar para o banco da frente para ficar perto da Ruth, disse Addie. Assim nós podemos ver o jogo e conversar também.
Louis e o menino pegaram seus milk-shakes, foram andando na frente dos outros carros, ao longo da cerca de arame, e subiram na arquibancada de madeira atrás da base do batedor. Algumas pessoas cumprimentaram Louis e perguntaram quem era o menino. Esse é o neto da Addie Moore, ele respondeu. Nós estamos nos conhecendo. Eles se sentaram atrás de alguns meninos da escola secundária. As meninas, de camiseta vermelha e short branco, estavam jogando contra o time de uma cidade vizinha. Estavam bonitas lá na grama verde, sob as luzes fortes. Seus braços e suas pernas estavam bem bronzeados. O time da casa estava ganhando por quatro corridas. O menino parecia não saber nada sobre o jogo, então Louis explicou tudo o que achou que ele conseguiria absorver.
Você nunca joga bola?, Louis perguntou.
Não.
Você tem uma luva?
Eu não sei.
Você sabe como é uma luva de softbol?
Não.
Está vendo o que aquelas meninas estão usando nas mãos? Aquilo é uma luva de softbol.
Eles ficaram assistindo ao jogo por um tempo. As meninas do time da casa marcaram mais três corridas, as pessoas da arquibancada gritaram e vibraram. Louis gritou para uma das jogadoras, que olhou para a arquibancada e acenou para ele.

Quem é ela?
Uma ex-aluna minha. Dee Roberts, uma menina inteligente.

No carro, Addie e Ruth tinham aberto as janelas. Você está precisando dar um pulo no mercado de novo?, Addie perguntou.
Não. Não estou precisando de nada.
Quando precisar, é só falar.
Eu sempre falo.
Acho que você não fala sempre, não.
É só que eu não tenho comido muito ultimamente. Mas também não sinto fome, então não tem problema.
Elas ficaram assistindo ao jogo, Addie apertando a buzina sempre que o time da casa marcava.
Eu sei que o Louis continua indo à sua casa. Eu o vejo saindo de lá de manhã.
Nós achamos que não tinha problema, mesmo com o Jamie aqui.
Ah, é. Crianças são capazes de aceitar e de se ajustar a quase tudo, quando a coisa é feita da maneira certa.
Eu não acho que nós estejamos fazendo nenhum mal ao Jamie. Nós não fazemos nada, se é a isso que você está se referindo.
Não. Eu não estava me referindo a isso.
Nós não fazemos, de qualquer forma. Nunca fizemos.
É melhor você tratar de começar. Antes que você fique velha que nem eu.

Louis e Jamie desceram da arquibancada, jogaram os copos no lixo e voltaram para o carro. Addie passou para o banco de trás e eles seguiram de volta rumo à Cedar Street. Louis ajudou Ruth a subir os degraus até a porta da frente da casa dela e depois foi embora. Mais tarde, foi para a casa de Addie. Jamie já estava dormindo no meio da cama dela.

Obrigada pelo programa de hoje à tarde, disse Addie.

Você sabia que ele nunca jogou aquele jogo de arremessar e apanhar a bola?

Não. Mas o pai dele nunca gostou muito de esportes.

Acho que todo menino deveria ter uma chance de jogar bola.

Estou cansada, disse ela. Vou para a cama. Você pode me falar sobre isso lá, no escuro. Estou pregada. Foi muita agitação para um dia só.

20.

No dia seguinte, Louis levou Jamie à velha loja de ferragens de Holt, na Main Street, e comprou uma luva de couro para o menino, outra para si próprio e outra para Addie, além de três bolas duras de borracha e um pequeno taco de beisebol. No caixa, Louis perguntou a Jamie quais dos bonés expostos numa armação ele queria, e o menino escolheu um roxo e preto. O homenzinho encurvado da caixa ajustou a parte de trás do boné para ele, e o menino enterrou o boné na cabeça, olhando para eles com uma cara séria.

Acho que ficou muito bom, disse Louis.

O boné vai impedir que você se queime nesse sol lá fora, disse o homenzinho, que se chamava Rudy. Louis o conhecia havia muito, muito tempo. Era um espanto que ele ainda estivesse trabalhando, um espanto que ainda estivesse vivo. O outro gerente, um homem alto chamado Bob, tinha morrido já fazia anos. E a mulher que era dona da loja havia voltado para Denver depois da morte da própria mãe.

Quando voltaram para casa, Louis mostrou para Jamie como

ajeitar a luva da maneira certa para apanhar a bola e então os dois foram jogar num local sombreado entre as casas de Addie e Ruth. No início o menino se mostrou bastante desajeitado, mas melhorou um pouco depois de um tempo, e então quis experimentar o taco. Quando Jamie finalmente conseguiu bater com o taco na bola, Louis lhe deu efusivos e exagerados parabéns. Ficaram treinando tacadas mais um pouco e depois, quando voltaram a treinar com a luva, o menino já estava conseguindo apanhar a bola com mais facilidade.

Addie saiu de casa e ficou vendo os dois jogarem. Vocês podem parar agora? O almoço já está pronto. O que você tem aí? Uma luva de beisebol?

É, e eu também ganhei esse boné novo.

Estou vendo. Você agradeceu ao Louis?

Não.

Então é melhor agradecer, você não acha?

Obrigado, Louis.

Não há de quê.

Nós também trouxemos uma luva para você, disse Jamie.

Mas eu não sei jogar.

Você tem que aprender, vovó. Eu aprendi.

Naquela noite, na cama, depois que Jamie adormeceu entre os dois, Louis disse: Esse menino precisa de um cachorro.

Por que você diz isso?

Ele precisa de alguém ou de alguma coisa com que brincar, além do celular e de dois velhinhos trôpegos.

Ah, muito obrigada, disse Addie.

Mas é sério, ele precisa mesmo de um cachorro. E se nós fôssemos de carro até Phillips amanhã e déssemos uma olhada no abrigo da sociedade protetora?

Eu não quero um filhote pela casa. Não tenho mais energia para cuidar de um cachorrinho.
Não, um cachorro adulto. Já treinado para não sujar a casa.
Um cachorro pequeno, dócil e mais velho.
Não sei. Não sei se quero a amolação.
Eu fico com ele na minha casa. O Jamie pode ir para lá quando quiser brincar.
Vai querer um cachorro o tempo todo na sua casa? Você me surpreende.
Eu não me importo. Já faz tempo demais que não tenho um cachorro.
Bom, você que sabe, então. Eu jamais teria pensado nisso.

Depois do café da manhã, eles saíram de carro rumo ao norte de Holt pela estreita rodovia estadual asfaltada, atravessando plantações de milho e de trigo, viraram para oeste em Red Willow, passaram pela escola rural do condado vizinho e depois seguiram rumo ao norte de novo até o vale do rio Platte e a cidade de Phillips. O abrigo da sociedade protetora dos animais ficava logo na entrada da cidade. Eles disseram à mulher da recepção que queriam um cachorro adulto e maduro.
Bem, isso é o que nós mais temos, disse ela. Vocês têm algo específico em mente?
Não. Só um cachorro que não seja muito agitado nem maluco e que não fique latindo e ganindo o dia inteiro.
Vocês querem um cachorro para brincar com esse menino, não é isso? Bem, vamos ver o que nós temos.
Ela se levantou pesadamente da cadeira e os levou até os fundos do estabelecimento. Assim que ela abriu a porta, os cachorros nas gaiolas e nos cercados começaram a fazer um estardalhaço tão grande que mal dava para ouvir o que as outras

pessoas diziam. Eles entraram e ela fechou a porta de novo. Havia gaiolas dos dois lados da sala, com chão de cimento e uma passagem no meio, um ou dois cachorros em cada gaiola, um cheiro ruim no ar, tigelas de água, pedaços de carpete e tapetes para os cachorros se deitarem em cima.

    Vou deixar que vocês vejam os cachorros sozinhos. Se quiserem conhecer mais de perto algum deles, é só me avisar.

    Nós podemos levar algum deles lá para fora?

    Podem, mas vocês vão precisar de uma guia para isso. Tem uma pendurada ali na porta.

    Ela saiu e eles percorreram a sala de novo, passando por todas as gaiolas e olhando para dentro de cada uma delas. Havia cachorros de todos os tipos e cores. Assustado com os latidos altos, o menino não saía de perto de Louis. Chegando ao final da sala, deram meia-volta e examinaram todos os cachorros mais uma vez.

    Você gostou de algum?

    Não sei.

    Que tal essa aqui?, Addie perguntou. Era uma cadela preta e branca, uma border collie misturada com alguma outra raça. Ela tinha alguma coisa na pata dianteira direita, uma espécie de atadura ou tubo plástico. Parece boazinha, disse Addie.

    O que tem na pata dela?, Jamie perguntou.

    Não sei, mas a gente pode perguntar. Parece ser algum tipo de proteção.

    Louis enfiou os dedos pelo buraco da grade e a cadela os cheirou e lambeu. Vamos levá-la para fora. Ele abriu a gaiola, entrou, prendeu a guia na coleira dela e bloqueou a passagem para o outro cachorro não poder sair. Conduziu-a para fora da sala com facilidade, sem nenhum tipo de problema, e eles voltaram para a recepção.

    Encontraram algum?, perguntou a mulher.

Talvez, disse Louis. Nós gostaríamos de levá-la para fora para ver como ela se comporta longe dos outros cachorros.

Tudo bem, mas vocês têm que ficar aqui no estacionamento.

Eles saíram, passaram pelos carros parados e foram até a lateral do estacionamento, onde havia terra e um pouco de mato. A cadela imediatamente se acocorou. Boa menina, disse Louis. Ela esperou nós virmos até aqui fora e chegarmos na parte de terra. Você quer dar uma voltinha com ela, Jamie?

Vamos fazer carinho nela primeiro, disse Addie.

Eles todos se inclinaram sobre ela, que se sentou sobre as patas traseiras. O menino fez festinha na cabeça da cachorra, e ela ficou olhando para ele.

Você quer tentar agora? Vou estar bem ao seu lado.

Você acha que ela está bem? E a pata dela?

A gente pergunta depois para a moça da recepção. Ela manca um pouco quando anda, mas não parece sentir dor.

Quando Jamie pegou a guia, a cadela se levantou e foi andando ao lado dele. Louis, o menino e a cadela deram uma volta em torno dos carros no estacionamento asfaltado. Quer tentar sozinho agora?, Louis perguntou. O menino e a cadela deram outra voltinha pelo estacionamento. Dava para perceber que ele tinha gostado dela. Quando voltaram para dentro da loja, ela caminhou mancando, evitando colocar peso na pata direita. A mulher lhes contou que a pata dela havia congelado quando alguém a deixou ao relento a noite inteira, presa pela guia num quintal de concreto. O veterinário tivera que amputar os dedos daquela pata, e então ela usava um tubo de plástico branco preso com velcro. Enquanto estivesse dentro de casa, eles podiam deixá-la sem o tubo, e só colocá-lo quando ela fosse sair. A mulher lhes mostrou como tirar e atar o tubo.

Quantos anos ela tem?, Louis perguntou.

Uns cinco, eu calculo.

Acho que vamos tentar ficar com ela, disse Louis. Se não der certo, nós podemos trazê-la de volta, não é?

Bem, nós pedimos para as pessoas fazerem uma boa tentativa, sem desistir logo de cara.

Nós vamos fazer isso. Mas quero saber se podemos voltar caso seja necessário.

Sim, podem.

Louis pagou a taxa e pegou os documentos dela, os certificados de vacinação, e foram todos para o carro. Jamie se sentou no banco de trás, Louis ajeitou a cadela ao lado do menino e eles saíram da cidade pela estrada estadual rumo a Holt. Depois de um tempo, a cadela deitou a cabeça na perna de Jamie e fechou os olhos, e o menino ficou fazendo carinho nela. Addie fez um sinal com a cabeça para que Louis olhasse para trás, e ele ajustou o espelho para ver. Os dois tinham pegado no sono. Em Holt, Louis deixou Addie primeiro e depois, em sua casa, ajudou Jamie a fazer uma cama para a cadela na cozinha. Você quer mostrar a casa para ela?, Louis perguntou.

Eu nunca vi o resto da casa, Jamie disse a ele.

Tem razão. Louis levou os dois para conhecerem a casa e, na hora de subir a escada, a cadela foi saltitando na frente deles sobre três patas, com a pata dianteira direita encolhida. Pouco depois, desceram e voltaram para a cozinha. Vamos ver se sua avó preparou alguma coisa para o nosso almoço.

Mas e a nossa cachorra?

Acho melhor ela ir com a gente. Como acabou de chegar aqui, tudo é novo para ela. Não seria bom nós a deixarmos sozinha ainda.

O menino pegou a guia e eles foram andando com ela pela rua, depois entraram na viela até os fundos da casa de Addie, bateram na porta e entraram.

Na cozinha, Addie disse: Vocês já decidiram como ela vai

se chamar? Ela precisa de um nome. A mulher do abrigo não a chamou de alguma coisa?

   Tippy, disse Louis. Mas não gosto muito desse nome.

   Que tal Bonny?, disse o menino.

   De onde você tirou esse nome?

   De uma menina da minha turma.

   Você gosta dela?

   Mais ou menos.

   Está bem. Então fica sendo Bonny.

   Acho que combina com ela, disse Addie.

   Jamie e Louis deixaram Bonny em seu tapetinho na cozinha da casa de Louis e foram jantar com Addie. Depois de comer, os três foram ver como ela estava e a escutaram ganindo e gemendo. Dava para ouvir de longe.

   Por que vocês não a levam para casa de uma vez e a deixam ficar lá por enquanto?, Addie disse. Não quero atrapalhar o sossego da Ruth e dos outros vizinhos.

   E depois?

   Depois a gente vê.

   Eles pegaram a cadela e a levaram de volta para a casa de Addie. Addie estendeu um velho tapetinho, e Bonny se acomodou e ficou observando os três, desviando o olhar de um para o outro. O menino foi para o andar de cima brincar com o celular e levou a cachorra junto. Quando Louis e Addie subiram, disseram para o menino que a cadela teria que ficar na cozinha. Mas, assim que a deixaram sozinha, a cachorra passou a ganir de novo, até que Addie disse: Ah, tudo bem, vá lá. Eu sei o que você quer.

   Louis disse: Bem, a gente não vai querer ficar ouvindo isso a noite inteira, vai?

   Já disse para você ir lá.

Ele trouxe a cadela para o quarto da frente. Jamie olhou para ela de cima da cama, esticou o braço e fez carinho.

Tenho outra ideia, disse Louis. Que tal você e a Bonny irem para o seu quarto? Você pode ficar com ela lá.

Não sei.

Ela vai estar lá com você, no seu quarto. Você não vai estar sozinho.

Quando o menino se deitou, a cadela pulou para cima da cama na mesma hora.

Ela pode ficar aqui?

Vamos fazer uma experiência. A menos que a sua avó não queira.

Mas deixe a luz acesa.

Vou deixar.

E a porta aberta.

Agora tente dormir. A Bonny vai estar aqui com você.

Então Louis voltou para a cama de Addie e se enfiou debaixo do lençol.

Me diga uma coisa, disse ela.

O quê?

Você já estava planejando isso desde o início?

Eu bem que queria ser esperto assim, disse Louis. Pelo menos agora nós podemos nos esticar sem esbarrar nos pés de um menininho.

Addie apagou a luz. Cadê a sua mão?

Bem aqui do seu lado, onde ela sempre está.

Ela pegou a mão dele. Agora nós podemos conversar de novo, disse ela.

Sobre o que você quer conversar?

Eu quero saber em que você está pensando.

Sobre o quê?

Sobre estar aqui. Como está sendo passar a noite aqui.

Acho que está mais tolerável, disse ele. Parece normal agora.

Só normal?

Estou brincando com você, sua boba.

Sei que está. Mas me diga a verdade.

A verdade é que estou gostando. Gostando muito. Eu sentiria falta se não pudesse mais vir. E você?

Estou adorando, disse ela. Está sendo melhor do que eu esperava. É uma espécie de mistério. Eu gosto da amizade que estamos criando. Gosto do tempo que passamos juntos. De ficar aqui no escuro da noite. Das conversas. De ouvir você respirar ao meu lado quando eu acordo.

Eu gosto disso tudo também.

Então fale comigo, disse ela.

Você tem alguma coisa específica em mente?

Fale mais sobre você.

Você ainda não se cansou disso, não?

Ainda não. Eu aviso quando cansar.

Me dá só um tempinho para pensar. Você sabe que a cadela está na cama com ele, não sabe?

Eu já imaginava.

Ela vai sujar as suas roupas de cama.

Eu lavo depois. Agora fale comigo. Me conte alguma coisa que eu ainda não saiba.

21.

Eu queria ser poeta. Acho que ninguém nunca soube disso, a não ser a Diane. Eu cursava literatura na faculdade e fazia licenciatura ao mesmo tempo, mas era louco por poesia. Por todos os poetas consagrados que a gente lia na época. T.S. Eliot. Dylan Thomas. e.e. cummings. Robert Frost. Walt Whitman. Emily Dickinson. Poemas específicos de Housman, Matthew Arnold e John Donne. Sonetos de Shakespeare. Browning. Tennyson. Eu decorei alguns deles.

Você ainda se lembra de alguns?

Louis recitou os versos iniciais de "A canção de amor de J. Alfred Prufrock", de T.S. Eliot, e também alguns versos de "Fern Hill" e "E a morte perderá seu domínio", ambos de Dylan Thomas.

O que aconteceu?

Você está perguntando por que não levei adiante esse meu interesse?

Você ainda parece interessado.

Eu sou. Mas não como antes. Eu comecei a dar aula, depois

a Holly nasceu e eu fiquei ocupado. No verão eu trabalhava pintando casas. Nós precisávamos de dinheiro. Ou pelo menos eu achava que nós precisávamos.

Eu me lembro de ver você pintando casas. Com outros dois professores.

A Diane não queria trabalhar, e eu concordei que era importante para a Holly ter alguém em casa com ela. Então eu escrevia um pouco à noite e às vezes nos fins de semana. Consegui publicar uns dois poemas em periódicos, mas a maior parte dos poemas que eu mandava era rejeitada, devolvida sem nenhum comentário. Quando recebia alguma coisa de um editor, algumas palavras ou linhas, eu interpretava como um incentivo e praticamente vivia em função disso durante meses. Olhando para trás agora, não é de espantar. Eram uns poeminhas horríveis. Imitativos. Desnecessariamente complicados. Eu me lembro de um poema com um verso em que eu usava a expressão "azul do arco-íris", o que em si não tem nada de mais, mas eu dividia a palavra para falar do "azul do ar-co-íris".

O que isso quer dizer?

Quem é que sabe ou se importa? Mostrei esse poema específico, um dos meus primeiros, para um dos meus professores da faculdade. Ele olhou para o poema, depois ficou olhando para mim um instante e disse: Interessante. Continue trabalhando. Ah, era ruim de dar dó, na verdade.

Mas você melhoraria se tivesse continuado.

Talvez. Mas não aconteceu. Eu simplesmente não tinha a força de vontade necessária. E a Diane não gostava.

Por que não?

Sei lá. Talvez isso a ameaçasse de alguma forma. Acho que ela sentia ciúme da importância que eu dava a isso e do tempo que isso me tomava, sozinho comigo mesmo, isolado e recluso.

Ela não apoiava o fato de você querer fazer isso.

Ela própria não tinha nada que quisesse fazer. A não ser cuidar da Holly. E, mais tarde, o grupo de mulheres com que ela se reunia, como já contei, endossou o que ela sentia e pensava.

Bem, eu gostaria que você tentasse de novo.

Acho que já passei dessa fase. E agora tenho você. Estou bem entusiasmado pelo que está acontecendo entre nós, sabe? Mas e você? Você nunca me disse o que queria fazer.

Eu queria ser professora. Comecei a fazer um curso na faculdade em Lincoln, mas fiquei grávida da Connie e larguei os estudos. Mais tarde, fiz um curso curto de contabilidade para poder ajudar o Carl e, como eu disse, fiquei trabalhando para ele em meio expediente como recepcionista e guarda-livros. Quando o Gene foi para a escola, arranjei um emprego como escriturária na prefeitura de Holt, como você sabe, e fiquei lá por um bom tempo. Tempo demais.

Por que você nunca voltou a tentar ser professora?

Acho que nunca cheguei a ficar profundamente envolvida ou comprometida com isso. Era só o que as mulheres faziam na época. Ser professora ou enfermeira. Nem todo mundo descobre o que realmente quer fazer, como você descobriu.

Mas eu também não fiz o que queria. Só brinquei de fazer.

Mas você gostava de dar aula de literatura na escola secundária.

Gostava, mas não era exatamente o que eu queria fazer. Eu só dava aula sobre poesia algumas semanas por ano, mas não escrevia poemas. Os alunos não tinham o menor interesse no assunto. Quer dizer, alguns tinham, mas não a maioria. Provavelmente se lembram daqueles anos e horas como "o velho Waters delirando de novo". Falando merda sobre um cara de cem anos atrás que escreveu algumas linhas sobre um jovem atleta morto sendo carregado pela cidade numa cadeira, algo com que eles não se identificavam nem um pouco, nem conseguiam imaginar que pudesse algum dia acontecer com eles. Eu os fazia decorar um poema. Os meninos escolhiam o menor poema possível. Quando se levantavam para declamar o poeminha que tinham escolhido, ficavam simplesmente petrificados, nervosos, era um horror. Eu quase sentia pena deles.

Lá estava um garoto que tinha passado os primeiros quinze anos da vida dele aprendendo a dirigir um trator, a semear trigo, a lubrificar ceifadeiras e debulhadoras, e então lhe aparecia na frente uma pessoa que, de um modo totalmente arbitrário, o obrigava a dizer um poema em voz alta na frente de outros garotos e garotas que também tinham passado a vida cultivando trigo, dirigindo tratores e alimentando porcos. Mas, para passar de ano e se livrar das aulas de inglês, ele tinha que recitar "Loveliest of Trees, the Cherry Now"* e cometer a insensatez de dizer a palavra "loveliest" em voz alta!

Ela riu. Mas isso era bom para eles.

Eu achava que sim, mas duvido que eles também achassem. Duvido que achem mesmo hoje, quando se lembram daquele tempo, a não ser como uma forma de sentir uma espécie de orgulho comunitário por terem feito o curso do velho Waters e passado, como quem passa por um rito de passagem.

Você é duro demais consigo mesmo.

Tive uma aluna extremamente inteligente, uma menina do campo também, que decorou o poema do Prufrock palavra por palavra, com perfeição. Ela não tinha que fazer isso. Fez porque quis, por vontade própria, por decisão dela. Eu só tinha pedido que eles memorizassem um poema curto. Cheguei a ficar com os olhos cheios d'água quando ela recitou todos aqueles versos tão bem. E ela também parecia ter uma boa ideia do que o poema queria dizer.

---

* "A mais adorável das árvores, a cerejeira agora", primeiro verso de um poema de A. E. Housman. (N. T.)

Do lado de fora do quarto escuro, um vento forte começou a soprar de repente, entrando pela janela aberta e agitando a cortina com violência. Então, começou a chover.
É melhor eu fechar a janela.
Mas não feche completamente. Não é adorável esse cheiro? O mais adorável que existe.
Exatamente.
Ele se levantou e fechou a janela, deixando uma fresta aberta, e voltou para a cama.
Eles ficaram deitados lado a lado, ouvindo a chuva.
Então a vida não correu lá muito bem para nenhum de nós dois, não como esperávamos, disse ele.
Só que ela parece boa agora, neste momento.
Melhor do que eu acredito que mereço, ele disse.
Ah, você merece ser feliz. Não acha?
Acho que é o que está parecendo, nesses últimos dois meses. Por qualquer que seja a razão.
Você continua não acreditando que isso vá durar.
Tudo muda. Ele se levantou da cama de novo.
Aonde você vai agora?
Eu vou ver como os dois estão. Eles podem ter ficado assustados com o vento e a chuva.
Você pode assustá-los entrando lá.
Vou bem de mansinho.
Depois volte.
O menino estava dormindo. A cadela levantou a cabeça do travesseiro, olhou para Louis e depois pousou a cabeça de novo.
De volta ao quarto, Louis pôs a mão para fora da janela, pegou um pouco da chuva que gotejava do beiral, voltou para a cama e encostou a mão molhada na bochecha macia de Addie.

22.

    Na próxima vez em que foram até o galpão atrás da casa de Louis, os filhotes de camundongo já estavam maiores, cobertos de pelos escuros e com os olhos abertos. Quando Louis abriu a tampa, eles começaram a correr pela caixa. A mãe não estava lá. Jamie e Louis ficaram vendo os animaizinhos de olhos pretos e brilhantes treparem uns por cima dos outros, farejarem o ar e se esconderem. Eles já estão praticamente prontos para abandonar o ninho, disse Louis.
    E o que vão fazer depois?
    Vão fazer o que a mãe lhes ensinar a fazer. Sair por aí, procurar comida, depois fazer ninhos também e se juntar a outros camundongos e ter bebês.
    A gente não vai mais ver nenhum deles?
    É pouco provável. Talvez a gente veja um ou outro no jardim ou num canto da garagem ou perto das paredes e da base do galpão. Vamos ter que ficar de olho.
    Por que a mãe fugiu? Ela deixou os filhotes sozinhos.
    Ela tem medo da gente. Tem mais medo da gente do que de deixar os filhos sozinhos.

Mas a gente não vai fazer mal a eles, vai?

Não. Eu não quero camundongos dentro de casa, mas não me importo que eles fiquem aqui fora. A menos que eles entrem debaixo do capô do carro e comecem a roer a fiação.

Mas como eles iriam conseguir fazer isso?

Camundongos conseguem entrar em praticamente qualquer lugar.

23.

Addie disse: Você não precisa fazer isso.
Preciso sim, disse Ruth. Quero retribuir o favor. Por vocês terem me levado para passear.
O que é que eu trago, então?
Traga só a si mesma. E o Louis e o Jamie.
No fim da tarde, eles bateram na porta dos fundos da velha casa de Ruth, e ela veio andando pela varanda de chinelo, vestido e avental, com o rosto e as bochechas magras vermelhos do calor do fogão. Ela abriu a porta. Bonny estava ganindo ao pé da escada. Ah, ela pode entrar também. Não tem problema nenhum. A cadela subiu a escada correndo e entrou na casa. Eles seguiram atrás e entraram na cozinha, onde a mesa já estava posta. Estava muito quente ali por causa do forno. Achei que nós pudéssemos comer aqui, mas está tão quente agora.
Louis estava parado no vão da porta. Quer mudar as coisas para a sala de jantar?
Vai dar muito trabalho.
Trabalho nenhum, é só levar as coisas para lá. E se eu abrir algumas dessas janelas?

Duvido um pouco que elas abram, mas pode tentar.

Com uma chave de fenda, Louis tentou desemperrar as janelas salientes e conseguiu abrir duas.

Ah, você conseguiu. Bem, homens são bons para algumas coisas. Isso eu tenho que admitir.

Acho bom, disse Louis.

Eles comeram macarrão com queijo gratinado, alface com molho Thousand Island, vagens em conserva e pão com manteiga, tomaram chá gelado servido em uma jarra de vidro velha e pesada e, de sobremesa, sorvete napolitano. A cadela ficou deitada aos pés de Jamie.

Depois do jantar, Ruth levou Jamie para a sala de estar e lhe mostrou as fotografias penduradas nas paredes e expostas em cima da cômoda, enquanto Addie e Louis tiravam a mesa e lavavam a louça.

Olhe aqui, disse ela. Onde você acha que é isso?

Eu não sei.

Isso é Holt. Holt era assim nos idos de 1920. Noventa anos atrás.

O menino olhou para o rosto velho, magro e enrugado de Ruth e depois olhou para a fotografia.

Ah, eu ainda não era nascida nessa época. Não sou tão velha assim. Foi minha mãe que me contou como era. Tinha árvores na rua principal, ao longo da rua inteira. Era um lugar com jeito de antigo, ordeiro e sossegado. Não era bonito? Deveria ser gostoso passear e fazer compras. Depois, a eletricidade chegou à cidade, e postes de luz foram instalados na rua principal. Aí, uma noite, depois que todo mundo da cidade já tinha ido para a cama, cortaram as árvores todas. No dia seguinte, as pessoas viram o que o conselho municipal tinha feito. Eles disseram que as árvores bloqueavam a luz dos postes. As pessoas ficaram muito, muito fulas da vida. Anos depois, minha mãe ainda continuava indignada com isso. Foi ela que me contou esse pedaço da história da cidade e guardou essa fotografia velha. Homens, ela dizia. Ela nunca perdoou o meu pai. Ele fazia parte do conselho municipal na época.

Espere aí, disse Louis. Você não disse que nós éramos bons para algumas coisas?

Não. Vocês ainda estão em período de observação. Mas esse menino pode ser diferente, disse ela. Eu tenho muitas esperanças em relação a ele. Ela segurou o rosto de Jamie entre as mãos. Você é um bom menino. Não se esqueça disso. E não deixe que ninguém faça você pensar o contrário. Você não vai, vai?

Não.

Isso mesmo. Ela o soltou.

Obrigado pelo jantar, disse ele.

De nada, meu querido. Foi um prazer.

Então eles tomaram o caminho de casa. Addie, Louis, Jamie e a cadela saíram para a noite escura e fresca de verão. Está uma noite linda, Addie gritou para Ruth.

É, Ruth gritou de volta. Está sim. Boa noite.

24.

Uma manhã, enquanto ainda estava fresco, os três levaram Bonny para o campo para que ela pudesse correr. Botaram o tubo de proteção na sua pata e foram de carro para o oeste da cidade, até uma estrada plana de cascalho e terra batida. Na beira da vala ao lado da estrada havia girassóis, ervas-saboeiras e tufos de capim florido. Jamie saiu com a cadela do banco de trás do carro e tirou a guia da coleira. Ela ficou olhando para ele, à espera.

Vai lá, disse Louis. Pode correr. Chispa. Ele bateu palmas.

Ela deu um pulo e saiu correndo pela estrada, entrando e saindo da vala, sua pata protegida fazendo estalidos no chão duro da estrada enquanto corria. O menino correu atrás dela. Addie e Louis seguiram atrás dos dois, andando devagar, atentos a eles. Nenhum carro passou pela estrada enquanto eles estavam lá.

Foi uma boa ideia arranjar essa cachorra, disse Addie.

Ele parece mais feliz, de fato.

Por causa dela e também porque já se adaptou a morar aqui conosco. A dúvida é se ele vai continuar feliz quando voltar para casa.

Os dois voltaram correndo. O menino estava ofegante e com o rosto vermelho. Ela consegue correr direitinho com a pata machucada, disse ele. Vocês viram como ela corre?

A cadela olhou para o menino, e eles saíram correndo de novo. O tempo já estava esquentando, era o meio de julho. Não havia nuvens no céu e o trigo dos campos ao lado da estrada já tinha sido ceifado, o restolho todo ajeitadinho depois de tosquiado. No campo seguinte, o milho formava fileiras retas verde-escuras. Um dia claro e quente de verão.

25.

No final de julho, Ruth foi ao banco na Main Street com outra velhinha que ainda tinha permissão para dirigir. No caixa, ela pegou o dinheiro que havia retirado da sua conta de poupança, guardou-o dentro da bolsa, fechou o zíper e se virou para ir embora, mas, antes de concluir a meia-volta em direção à porta, caiu e morreu. Simplesmente desabou, como um embrulhinho frágil no chão ladrilhado do banco, e parou de respirar. Disseram mais tarde que ela provavelmente havia parado de respirar antes mesmo de chegar ao chão. A outra senhora levou a mão à boca e começou a chorar. Alguém chamou uma ambulância, mas não havia mais nada que se pudesse fazer. Eles não se deram ao trabalho de levá-la para o hospital. O médico-legista veio para comprovar a morte, e então ela foi levada para a casa funerária da cidade, na Birch Street. Seu corpo foi cremado e houve uma pequena cerimônia fúnebre na igreja presbiteriana dois dias depois. Não eram muitos os amigos dela que ainda estavam vivos, algumas velhinhas e velhinhos, que entraram na igreja mancando ou arrastando os pés e se sentaram nos bancos. Alguns inclinaram a cabeça, encostando o queixo em seus peitos magros, e cochilaram um pouco, depois acordaram quando começou o cântico de louvor.

Addie e Louis se sentaram num dos bancos da frente. Ela havia organizado a cerimônia e falado sobre Ruth com o pastor, que não a conhecia. Ruth tinha parado de frequentar igrejas por não gostar da ortodoxia e do modo infantil como as igrejas falavam e pensavam sobre Deus.

Terminada a cerimônia, as pessoas voltaram para suas casas silenciosas e Addie levou a urna com as cinzas de Ruth para a casa dela. Descobriu-se mais tarde que Ruth não tinha mais parentes próximos, a não ser uma sobrinha distante que morava em Dakota do Sul e que se tornou a herdeira. A sobrinha veio a Holt na semana seguinte, encontrou-se com o advogado e com o corretor de imóveis e, um mês depois, a casa onde Ruth havia morado durante décadas foi vendida para um homem aposentado e sua esposa, que eram de outro estado. A sobrinha não quis ficar com a urna. Você quer?, ela perguntou.

Addie levou a urna e, às duas da manhã, no escuro, ela e Louis espalharam as cinzas no quintal atrás da casa de Ruth.

Agora, sem Ruth, tudo estava diferente, e eles não podiam mais sair todos juntos à noitinha para lanchar e depois assistir a uma partida de softbol. Addie e Louis acharam que não havia necessidade de Jamie saber de tudo isso e disseram a ele que Ruth tinha se mudado para outro lugar. Coisa que, concluíram, não era de todo mentira.

Ela era uma boa pessoa, não era?, Louis disse. Eu admirava a Ruth.

Já estou com saudade dela, disse Addie. O que vai acontecer com a gente, com você e comigo?

26.

Addie disse: Depois que a Connie morreu, o Carl nunca mais foi o mesmo. Por fora ele parecia bem, quando estava com outras pessoas fora de casa e no escritório, mas aquilo fez com que ele mudasse muito. Ele amava a nossa filha. Mais do que a mim. Mais do que ao Gene. Depois do que aconteceu, ele nunca mais deu ao Gene a mesma atenção de antes e, quando dava, geralmente era para criticar, para corrigi-lo. Conversei várias e várias vezes com ele sobre isso, e ele sempre dizia que ia tentar melhorar. Mas nunca mais foi a mesma coisa, e isso afetou o Gene. Sei que afetou. Eu tentava compensar a falta de atenção do pai, mas também não funcionava.

E a relação dele com você? Também deve ter mudado.

Nós ficamos um ano sem fazer amor depois que a Connie morreu. Ele não estava interessado. Depois, quando recuperou o interesse, não era muito bom. Era uma coisa mais física do que amorosa ou afetuosa. Depois de mais ou menos um ano, nós paramos de vez.

Quando foi isso?

Dez anos antes de ele morrer.

Você não sentia falta?

Claro que eu sentia. Da proximidade, principalmente. Nós não éramos mais nem um pouco próximos. Éramos cordiais, formalmente gentis e educados um com o outro, mas só isso.

Eu não sabia de nada disso. Não notei nada.

Como é que você poderia ter notado? Em público nós éramos amáveis, afetuosos até. E nós não víamos muito vocês, apesar de sermos vizinhos. Mas, na verdade, ninguém sabia. Eu não contei para ninguém e tenho certeza de que o Carl também não contou. O Gene sabia, mas ele pode ter acabado achando que era assim mesmo, que a vida é assim. Que pessoas casadas se tratam daquele jeito.

Isso parece bem desagradável para mim.

Ah, era bem ruim, sim. Eu tentava conversar, mas ele não queria conversar. Tentava ir para a cama nua. Passar perfume. Cheguei até a encomendar camisolas curtinhas e indecentes de um catálogo. Ele achou abominável. Ficava agressivo, meio malvado, quando nós fazíamos amor, nas poucas vezes em que fizemos. Claro que não era amor coisa nenhuma. Ele fazia com que eu me sentisse pior ainda. Então parei de tentar consertar as coisas, e nos acomodamos na nossa longa vidinha educada e pacata. Eu levava o Gene a concertos e peças de teatro em Denver e tentava dar a ele algo além desta casa e seus segredos, tirá-lo um pouco de Holt e lhe mostrar um mundo mais amplo. Mas também não posso dizer que tenha tido muito sucesso nisso. O Gene continuou fechado, como o pai. Ficou mais fechado ainda na escola secundária, depois foi para a faculdade e nós passamos a vê-lo menos ainda do que víamos antes. Então, comecei a ir a Denver sozinha, para ir a peças e concertos. Paparicava a mim mesma. Achava que eu merecia. Ficava hospedada no Brown Palace Hotel e ia jantar sozinha em restaurantes caros. Cheguei a comprar alguns vestidos que eu só usava em Denver. Jamais apareceria em Holt com aquelas roupas. Não queria que as pessoas soubessem. Mas imagino que as pessoas sabiam de alguma coisa, mesmo assim. A sua mulher talvez soubesse. Se sabia, nunca comentou nada comigo. Sempre gostei disso na Diane. Sempre achei que ela era uma pessoa incapaz de fazer fofoca ou comentários maldosos. Mas vocês dois continuaram dormindo juntos todos aqueles anos. Não quiseram camas separadas.

Imagino que isso pareça estranho, mas, por alguma razão, nós mantivemos esse pouco. Embora nunca nos tocássemos. Você aprende a ficar só do seu lado da cama, a não tocar no outro nem por acidente durante a noite. Você cuida do outro quando ele fica doente, e, durante o dia, cada um faz o que considera ser sua obrigação. O Carl me trazia flores para compensar, e as pessoas da cidade pensavam: Ah, que bacana. Mas o tempo todo havia esse segredo de silêncio.

E aí ele morreu, disse Louis.

Foi. Cuidei dele o tempo todo. Eu queria fazer isso. Precisava, na verdade. Ele melhorou e piorou várias vezes antes de morrer naquela manhã de domingo, na igreja. Então, sim, cuidei dele. Não sei que outra coisa eu teria feito da vida. Nós tivemos aquele longo tempo de vida em comum, mesmo que não tenha sido bom para nenhum de nós dois. Essa foi a nossa história.

27.

No meio da semana, eles encheram a picape de Louis de bagagem e rumaram para oeste até o fim das planícies em direção às montanhas, vendo as montanhas ficarem mais altas à medida que iam se aproximando de Front Range, com os contrafortes mais baixos e escuros cobertos de floresta na frente, e, atrás, os picos brancos acima da linha das árvores ainda com trechos cobertos de neve mesmo em julho. Depois, seguiram até a U.S. Highway 50 e foram passando pelas poucas cidadezinhas no caminho. Pararam em uma delas para comer hambúrgueres e depois seguiram pela rodovia, passando pelo desfiladeiro do rio Arkansas, vendo a água correr veloz, os penhascos vermelhos e irregulares de ambos os lados. Havia cabras ao longo da estrada, todas as fêmeas com chifres curtos e afiados. Seguiram mais um pouco, viraram em direção à área de acampamento de North Fork na County Road 240 e entraram na Floresta Nacional. Não havia muita gente na área de acampamento. Desceram do carro e começaram a tirar a bagagem da picape num lugar perto do riacho. Dava para ouvir a água correndo e batendo, uma água límpida e gelada, com trutas escondidas nos espaços debaixo das pedras. Havia abetos altos, enormes pinheiros e choupos ao longo do riacho e na colina. Os locais reservados para barracas e trailers estavam demarcados com toras de madeira e havia mesas de piquenique e estruturas para fazer fogueira ali perto.

Depois que tivermos nos instalado, saímos para dar uma volta por aí para conhecer o lugar, disse Louis.

Ele escolheu um lugar onde o terreno era plano e fofo, não muito perto da área das fogueiras, e Jamie o ajudou a montar a barraca. Louis mostrou ao menino como posicionar as varetas da barraca, como esticar as cordas com firmeza e prendê-las com ganchos ao chão, como dobrar as coberturas das janelas e a aba da porta. Depois, levaram os colchões infláveis e os sacos de dormir lá para dentro. Jamie e Bonny dormiriam de um lado, Addie e Louis do outro. Addie abriu o zíper de um dos sacos de dormir e o estendeu no chão, depois abriu outro e o estendeu em cima do primeiro para que ela e Louis pudessem ter uma cama ampla e confortável para dormir juntos. Em seguida, estendeu outro saco de dormir para Jamie.

Com a barraca montada, foram até o riacho e puseram os pés na água gelada.

É fria demais, vovó.

Ela vem direto de um banco de neve, meu querido.

A essa altura já estava escurecendo e era mais do que hora de jantar. Louis e o menino foram buscar lenha na picape, já que não era permitido cortar árvores nem galhos na Floresta Nacional. Jamie pegou gravetos e pequenos galhos secos do chão e eles fizeram uma pequena fogueira dentro do círculo de pedras, colocando depois uma grade em cima. Addie e o menino puseram salsichas e feijão em lata para cozinhar numa frigideira de ferro e pegaram cenouras cruas e batata frita da bolsa. Quando a comida ficou quente, eles se sentaram em volta de uma mesa de piquenique e comeram, observando o fogo.

Você quer ir buscar mais um pouco de lenha?, Louis perguntou ao menino.

Jamie e a cadela saíram da claridade do fogo rumo à picape e o menino voltou com uma braçada de lenha.

Pode botar mais um pouco de lenha na fogueira, disse Louis.

Jamie colocou um pedaço de lenha no fogo, com o braço bem esticado, os olhos lacrimejando e piscando por causa da fumaça. Depois, ele se sentou novamente. O ar estava frio e fresco, com uma brisa de montanha batendo. Eles ficaram em silêncio, olhando para o fogo e para as estrelas logo acima das montanhas. De onde estavam, dava para ver o cume do monte Shavano brilhando no céu noturno, ao norte.

Então Louis levou Jamie até a beira do riacho, cortou três varas verdes de salgueiro, afiou a ponta delas e voltou para perto da fogueira. Sua avó tem uma surpresa para você.

O que é?

Addie tirou um saco de marshmallows da bolsa e espetou um deles na ponta afiada de cada uma das varas.

Segure perto do fogo até ele ficar tostadinho e macio.

Jamie pôs a ponta da vara no fogo e o marshmallow imediatamente se incendiou.

Sopra, sopra.

Addie mostrou a ele como tostar o quitute lentamente, girando a vara. Eles comeram dois ou três cada um. A boca e as mãos de Jamie ficaram meladas pelo interior doce e pretas por causa das cinzas do marshmallow.

Quando terminaram a refeição, guardaram a comida na cabine da picape para que ela não atraísse ursos durante a noite. Depois, Louis levou Jamie até o banheiro do acampamento e entrou junto com ele segurando uma lanterna.

Você faz o que tiver que fazer e sai, disse Louis. A gente não precisa demorar aqui. Quer que eu fique com você?

Está fedendo muito aqui.

Louis apontou a luz da lanterna para o buraco escuro do reservatório.

Vai lá. Eu fico aqui com você.

Quando Louis virou de costas, o menino baixou as calças e se sentou no assento, com o reservatório embaixo aberto. Estava com medo do buraco. Depois que Jamie terminou, Louis usou a latrina e eles foram para o lado de fora, onde a cadela os esperava. Puderam respirar de novo no ar fresco. Foram até a bomba de água, lavaram as mãos e o rosto e voltaram para a barraca.

Lá fede muito, vovó.

É, eu sei.

Ela ajudou Jamie a se preparar para dormir e a se acomodar no saco de dormir, com Bonny deitada numa almofada ao lado dele.

Onde vocês vão ficar?

Nós vamos dormir ali, bem pertinho de você.

A noite toda?

A noite toda.

Ele fechou os olhos para dormir e, uma hora depois, Louis e Addie vieram para a barraca, trocaram de roupa, se deitaram de mãos dadas e ficaram vendo as estrelas pela janelinha telada. Havia um cheiro forte de pinho no ar.

Está muito gostoso aqui, não?, Addie disse.

De manhã, comeram panquecas, ovos e bacon, depois arrumaram o acampamento, guardaram a comida e as panelas dentro da caixa de isopor na carroceria da picape e seguiram viagem montanha acima pela estrada que leva a Monarch Pass. Pararam, desceram do carro na Divisória Continental para apreciar a vista da região de Western Slope do estado do Colorado e, se seus olhos fossem bons o bastante e eles pudessem enxergar além da curvatura da Terra, teriam visto o oceano Pacífico a mais de mil e quinhentos quilômetros de distância do outro lado das montanhas. Perto do meio-dia, voltaram para o acampamento, comeram sanduíches de queijo e maçãs, tomaram a água gelada do poço antigo, bombeando-a com a alavanca verde da bomba, depois fizeram uma caminhada colina acima até as quedas-d'água do North Fork Creek, sentaram-se e ficaram vendo a água cair na piscina de água verde e clara lá embaixo. Quando foram andando até lá embaixo, o ar estava mais frio perto da queda-d'água e evaporava em contato com seus rostos.

Quando voltaram para o acampamento, Addie e Louis armaram cadeiras dobráveis na sombra à margem do riacho e se sentaram para ler seus livros. O menino e a cadela ficaram perambulando por entre as árvores ao redor.

A gente pode dar uma volta por aí?

Você pode acompanhar o riacho, disse Louis. Para que lado você acha que a água está correndo?

Lá para baixo.

E por quê?

Sei lá.

Porque ela está descendo a colina. A água sempre corre para o lugar mais baixo. Aonde você quer ir?

Para lá.

Indo para lá você está descendo a colina, seguindo o sentido da correnteza do riacho. Para voltar para o acampamento, o que você tem que fazer?

Dar meia-volta.

Menino esperto. Siga o riacho no sentido oposto ao da correnteza que você vai acabar voltando para a nossa barraca. Sua avó e eu vamos estar esperando por você. Faça um teste antes. Ande um pouco e depois volte. Leve a Bonny com você. Mas não atravesse o riacho. Fique sempre deste lado.

O menino e a cadela desceram a colina, afastando-se do

acampamento, e voltaram, depois desceram mais um pouco e ficaram fazendo explorações pelas pedras, examinando as micas brilhantes, trepando nas pedras maiores e olhando para a água. Depois, subiram a colina de novo.

O que vocês viram lá embaixo?, Louis perguntou.

Não vimos urso nenhum, mas vimos um cervo.

E o que foi que a Bonny fez?

Ela latiu para ele. E aí nós voltamos. Foi só isso que nós fizemos.

À noitinha, fizeram outra pequena fogueira, e Addie picou cebolas e pimentões e os dourou com manteiga na panela de ferro. Depois, acrescentou carne moída, molho de tomate, uma colher de açúcar, um pouco de molho inglês, um quarto de xícara de ketchup, sal, pimenta e um molho que ela tinha feito em casa, misturou tudo e tampou a panela. Louis e Jamie pegaram os pães de hambúrguer e a batata frita que tinha sobrado do dia anterior e arrumaram tudo em cima da mesa, todos os pratos e copos de plástico. Jamie pegou a jarra vazia, foi com a cadela até a bomba de água e voltou trazendo-a repleta de água fresca. Então, os três se sentaram para comer perto do fogo enquanto a noite caía. O menino deu um pouco de carne moída para Bonny e olhou para Louis para ver o que ele achava. Louis piscou o olho e virou o rosto para olhar para as árvores.

Será que vai aparecer algum urso hoje?, Jamie perguntou.

Duvido, disse Louis. Se aparecer, vai ser um urso-negro. Mas ele só ataca pessoas quando está assustado. E, de qualquer forma, a Bonny vai nos avisar.

Queria ver um urso da picape. De dentro da picape.

É a melhor maneira mesmo.

Você está preocupado com isso?, Addie perguntou.

Não, eu só queria ver um urso.

Eles jogaram água no fogo, a lenha soltou vapor e fumaça,

e as brasas vermelhas se apagaram. Então Louis levou Jamie para o meio das árvores, iluminando o caminho com a lanterna. Parou e disse: Você pode fazer xixi aqui. A gente não precisa ir ao banheiro quando está escuro assim.
Meus pais não me deixam fazer xixi fora do banheiro.
Desta vez não tem problema. Ninguém vai ver a gente. Ele desligou a lanterna. Os animais fazem xixi aqui. Acho que a gente pode fazer também, só desta vez.

Os dois fizeram xixi na terra e então Louis ligou a lanterna de novo e deixou que Jamie a levasse. A luz ficou balançando de um lado para o outro, subindo e descendo por entre as árvores e a vegetação rasteira. Eles voltaram para a barraca.

No dia seguinte, guardaram as bagagens no carro e desceram das montanhas de volta para a planície. Outras pessoas estavam subindo agora para passar o fim de semana nas montanhas, algumas em trailers enormes que pareciam deslocados na floresta.

Quando chegaram à planície, o ar lhes pareceu quente e seco, o campo mais plano e nu, as árvores mais escassas. Chegaram em casa depois de escurecer, cansados. Tomaram banho e foram logo para a cama, em seus dois quartos separados.

28.

No início de agosto, Gene veio de Grand Junction para visitá-los e Addie e Jamie o receberam na porta.

Eu não estou vendo a cachorra de que você tanto fala, ele disse.

Ela está na casa do Louis, disse Jamie.

Você o chama de Louis?

Chamo. Foi como ele disse que queria ser chamado.

Eles entraram e Gene levou sua bagagem para o andar de cima, para o quarto do fim do corredor, onde Jamie e a cadela dormiam, e pôs tudo em cima da cama.

Vou ficar aqui com você, no meu antigo quarto.

E a Bonny?

Não dá para ela dormir aqui com nós dois.

Ela sempre dorme comigo.

Depois a gente vê como vai ser.

Voltaram para o andar de baixo e, no fim da tarde, Louis veio vê-los, trazendo a cadela consigo. Jamie se ajoelhou para fazer carinho nela e depois a levou para brincar no quintal.

Não vá para o meio da rua, disse Gene.
A gente sempre brinca lá fora, pai. Os dois saíram.
Gene olhou para Louis. Eu soube que você também fica aqui com a minha mãe.
Algumas noites eu fico.
Por que isso?
Por amizade. Antes de mais nada.
O que é que você está fazendo?, disse Addie. Você sabe disso.
O que é que eu estou fazendo? A minha mãe está dormindo com um velho da vizinhança enquanto o meu filho dorme no quarto ao lado e eu não posso perguntar por quê?
Não, não pode. Por que isso seria da sua conta?
Se o meu filho está aqui, isso é da minha conta.
Nós não estamos fazendo nada de mais, disse Louis. Não acho que isso esteja prejudicando o menino em nada. Eu não estaria aqui se achasse que está.
E eu não acho que você seja a pessoa certa para julgar. Você está conseguindo o que quer. Por que iria se preocupar com o filho de outra pessoa?
Mas eu me preocupo com ele.
Então pare com isso. Eu não quero que ele seja afetado por essa história. Eu sei como você é. Quando era criança, eu ouvia falar de você.
Ouvia o quê?
Que você deixou a sua mulher e a sua filha para ficar com outra mulher.
Isso aconteceu há mais de quarenta anos.
Mas aconteceu.
E eu sinto muito que tenha acontecido, mas não posso voltar no tempo para consertar. Louis ficou olhando para Gene por um momento. Acho que é melhor eu ir. Isso não está ajudando em nada.

Eu ligo para você mais tarde, disse Addie.
Louis se levantou e foi embora.
Por que você está fazendo isso?, Addie perguntou a Gene. O que está havendo com você?
Não quero que o meu filho seja magoado.
Você não acha que ele já foi magoado pelo pai e pela mãe nesses últimos tempos?
Sim, acho. E agora está ficando pior.
Você não sabe do que está falando. Ele está muito melhor agora do que quando você o deixou aqui. E, se você quer saber a verdade, Louis tem sido muito bom para ele.
Porque ele está atrás do seu dinheiro também, não é?
Que história é essa agora? Do que você está falando?
Se você se casar com ele, ele vai ficar com a metade de tudo, não vai? Eu não vou poder fazer nada.
Nós não vamos nos casar. E ele não está interessado no meu dinheiro. Meu Deus, que imagem horrível você deve ter de mim.
Ele desviou o rosto. Eu não sei o que fazer. Vou ter que começar do zero de novo.
Você sabe que pode contar com a minha ajuda.
Por quanto tempo?
Pelo tempo que for necessário. Pelo tempo que eu puder.
Você já deve estar cansada disso. Tem que estar.
Mesmo que estivesse, eu ajudaria do mesmo jeito. Você é meu filho. O Jamie é meu neto.
Nas duas noites seguintes, a cadela ficou na casa de Louis e o menino dormiu no quarto do fim do corredor com o pai. Na segunda noite, a noite de domingo, Jamie teve um pesadelo, acordou chorando e só parou de chorar quando Addie foi até lá, o abraçou e o levou para a cama dela. Na segunda-feira, Gene se despediu deles e voltou para casa.
Depois que o pai foi embora, o menino foi até a casa de

Louis, prendeu a guia na coleira da cadela, enfiou o tubo de proteção na sua pata e foi andando com ela pela calçada até o quarteirão seguinte, depois entrou na viela rumo ao quintal dos fundos da casa de Addie e ficou brincando com Bonny ali, observado pela avó e por Louis.

A noite de ontem foi bem ruim, disse Addie. Foi como quando ele veio para cá e tinha aqueles pesadelos no meio da noite. Ele estava triste de novo. Agora o Gene me diz que a Beverly vai voltar para casa daqui a umas duas semanas.

E aí como vai ser?

Sei lá. Eles vão fazer mais uma tentativa, acho. Ela vai voltar a morar com eles. E o Jamie vai voltar para a escola.

Ele pode levar a cadela com ele quando for. Se os pais concordarem.

Eu não sei se eles vão querer.

Por que você não pergunta? Acho que ajudaria um pouco.

Eles ficaram olhando para Jamie e Bonny no quintal.

Devo vir para cá hoje à noite?, Louis perguntou.

Acho bom você vir, seu velho safado.

Ele não disse que eu era safado.

Mas eu sei que é, disse Addie.

29.

Louis disse: Aquele último ano foi horrível para ela. Ela simplesmente se sentia mal o tempo inteiro. Eles tentaram quimioterapia e radiação, e isso retardou o avanço do câncer por um tempo, mas ele continuou lá, nunca desapareceu por completo. Depois ela piorou e não quis mais fazer tratamento nenhum. Foi só definhando.
 Eu me lembro, disse Addie. Eu queria ajudar.
 Eu sei. Você e outras pessoas levavam comida para a gente. Eu ficava muito grato por isso. E pelas flores também.
 Mas nunca a vi no quarto dela.
 Não. Ela não queria que ninguém fosse lá, a não ser a Holly e eu. Não queria que ninguém a visse naquele estado, no estado em que ela ficou naqueles últimos meses. E também não queria falar. Tinha medo da morte. Nada do que eu dissesse fazia a menor diferença.
 Você não tem medo da morte?
 Não como eu tinha antes. De uns tempos para cá, passei a acreditar numa espécie de vida após a morte. Numa volta ao

nosso verdadeiro eu, um eu espiritual. Nós só estamos nesse corpo físico até voltarmos a ser espírito.
Eu não sei se acredito nisso, disse Addie. Talvez você esteja certo. Eu espero que esteja.
Um dia nós veremos, não é? Mas não agora.
Não, agora não, disse Addie. Eu adoro este mundo físico. Adoro esta vida física com você. E o ar e o campo. O quintal, a viela de cascalho lá atrás. A grama. As noites frescas. Ficar deitada na cama conversando com você no escuro.
Eu também adoro isso tudo. Mas a Diane estava esgotada. No fim, ela já estava cansada demais, exausta demais para dar atenção até aos próprios medos. Ela só queria ir, só queria alívio. Só queria que aquele sofrimento chegasse ao fim. Ela sofreu horrores nos últimos meses. Era tanta dor. Mesmo com os sedativos e a morfina. E ela ainda continuava apavorada a maior parte do tempo, no fundo. Quando eu entrava no quarto ou quando me virava para ver como ela estava à noite, eu a encontrava acordada, olhando para o escuro lá fora pela janela. Posso ajudar?, eu perguntava. Você quer alguma coisa? Não. Eu só quero que isso acabe. A Holly ajudava a dar banho nela e tentava fazê-la comer, mas ela não tinha fome. Não comia nada. Imagino que de alguma forma ela soubesse que estava se matando de fome. Ela ficou tão frágil, tão magrinha no fim. As pernas e os braços dela pareciam palitos. Os olhos pareciam grandes demais para o rosto. Era terrível de ver e mais terrível ainda para ela, obviamente. Eu queria fazer alguma coisa por ela e não havia absolutamente nada a fazer, além do que nós já estávamos fazendo. A enfermeira do programa de assistência a doentes terminais ia lá todos os dias. Ela era muito boa e ajudou a tornar possível o desejo da Diane de morrer em casa. Ela não queria voltar para o hospital de jeito nenhum. E assim foi. Por fim, ela morreu. Tanto eu como a Holly estávamos no quarto. Ela estava olhando para nós com aqueles

olhos escuros enormes como se estivesse dizendo Me ajudem Me ajudem Por que vocês não me ajudam. E aí ela parou de respirar e se foi.

Algumas pessoas dizem que o espírito fica pairando sobre o corpo durante um tempo antes de ir embora. Talvez o dela tenha ficado. A Holly disse que estava sentindo a presença da mãe no quarto e talvez eu tenha sentido também. Não sei. Eu senti alguma coisa. Algum tipo de emanação. Mas foi muito leve, talvez só um sopro. Sei lá. Pelo menos ela está em paz agora em algum outro lugar ou reino superior. Acho que acredito nisso. Espero que ela esteja. Ela nunca conseguiu o que realmente queria de mim. Ela tinha uma espécie de ideal, uma ideia de como a vida deveria ser, de como o casamento deveria ser, mas nós nunca chegamos perto desse ideal. Eu falhei com ela nesse sentido. Ela deveria ter arranjado outra pessoa.

Você está sendo duro demais consigo mesmo de novo, disse Addie. Quem no mundo consegue o que quer? Isso não parece acontecer com muita gente, se é que acontece com alguém. São sempre duas pessoas esbarrando uma na outra cegamente, agindo de acordo com velhas ideias, sonhos e interpretações equivocadas. Só que eu continuo dizendo que isso não se aplica a nós dois. Não neste momento, não hoje.

Eu também tenho essa sensação. Mas você pode acabar se cansando de mim também e querer pular fora.

Se isso acontecer, nós podemos parar, disse ela. Esse é o trato subentendido entre nós, não é? Mesmo que nós nunca tenhamos chegado a dizer que seria assim.

É, quando você se cansar disso, é só falar.

E você também.

Não acho que isso vá acontecer comigo. A Diane nunca teve o que nós temos. A menos que ela tenha tido alguém que eu não soubesse. Mas, não, ela não teve. Ela não pensaria assim.

30.

Em agosto acontecia a Feira do Condado de Holt, um evento anual com rodeios e concurso de gado, realizado na Zona Norte da cidade. O evento tinha início com um desfile que partia da ponta sul da Main Street e seguia em direção à estrada de ferro e à antiga estação ferroviária. Estava chovendo no dia do desfile. Louis e Addie vestiram capas de chuva e fizeram um buraco na ponta de um saco de lixo preto para improvisar uma capa de chuva para Jamie. Então os três foram até a Main Street e se juntaram às outras pessoas que aguardavam no meio-fio. Havia uma verdadeira multidão espalhada ao longo dos dois lados da rua, apesar do mau tempo. A guarda de honra passou primeiro, carregando flácidas bandeiras molhadas e rifles gotejantes, depois vieram velhos tratores, roncando rua acima, e velhas máquinas de ceifar e debulhar em cima de carrocerias de caminhões, carros de puxar feno e cortadores de grama antigos, depois mais tratores, que avançavam devagarinho, chacoalhando e soltando estalidos, e a banda da escola secundária, reduzida no verão a meros quinze membros, todos de camisa branca e calça jeans agora encharcados e colados no corpo, depois os carros conversíveis transportando as pessoas ilustres do condado, mas com as capotas levantadas por causa da chuva, depois a rainha do rodeio e seu séquito montados a cavalo, todas as meninas, amazonas habilidosas, vestindo impermeáveis de montaria, depois mais carros incrementados, com anúncios nas portas, e carros do Lions Club, do Rotary, do Kiwanis e do Shriners ziguezagueando pela rua, feito garotos gordos exibidos em seus karts envenenados, e mais cavalos e cavaleiros de impermeáveis amarelos e uma carroça puxada por pôneis. Perto do fim do cortejo, veio um caminhão com uma imagem religiosa de papelão na carroceria e um tablado na frente, incluído no desfile por uma das igrejas evangélicas da cidade. Em cima do tablado havia uma cruz de madeira e, na frente dela, um rapaz de cabelo comprido e barba escura, usando uma túnica branca e, por causa do mau tempo, segurando um guarda-chuva sobre a cabeça. Quando viu o rapaz, Louis caiu na gargalhada. As pessoas em volta se viraram para olhar para ele.

Você vai acabar se metendo numa encrenca, disse Addie. As pessoas levam isso a sério.

Imagino que ele possa caminhar sobre as águas, mas não evitar que ela caia na cabeça dele.

Shhh, disse ela. Comporte-se.

Jamie olhou para as pessoas em volta para ver se elas estavam mesmo zangadas.

No fim do desfile, veio o caminhão-varredor de Holt, varrendo a rua com suas grandes vassouras rotativas.

À tarde a chuva parou, e eles foram de carro até o local da feira, estacionaram e foram andando por entre os currais, vendo os cavalos de pelo lustroso, o gado bem escovado e de rabo eriçado, os enormes porcos deitados no feno espalhado pelo chão de cimento dos currais, simplesmente deitados lá, gordos, ofegantes e cor-de-rosa, abanando as orelhas. Viram também cabras e ovelhas, todas de pelo aparado e raspado, passaram pelas gaiolas dos coelhos e das galinhas e depois seguiram para a área recreativa. Jamie foi com Addie para a roda-gigante, porque Louis disse que o brinquedo lhe dava enjoo. A avó e o menino se sentaram no banco da roda-gigante, subiram, rodaram e, quando chegaram lá no alto, ela mostrou para ele a Main Street, o depósito de grãos, a torre de água e as casas da Cedar Street.

Você está vendo a minha casa?

Não.

Bem ali. Perto daquelas árvores altas.

Não estou vendo.

Eles olharam ao longe, para além das cercanias da cidade, em direção à área rural, onde avistaram casas de fazenda, celeiros e quebra-ventos. Depois, foram experimentar alguns dos jogos, o tiro ao alvo e o arremesso de bolas, compraram um algodão-doce cor-de-rosa para Jamie e bebidas com raspas de gelo para si próprios e ficaram passeando por lá, observando as pessoas. Quando voltaram, Addie e o menino andaram na roda-gigante de novo. A essa altura já era fim de tarde. Dava para ouvir o barulho dos rodeios ainda em andamento na arena do outro lado da arquibancada, a voz alta e entusiasmada do locutor. Eles não compraram entradas para assistir aos rodeios, mas passaram em volta da arena e, olhando por cima da cerca, viram bezerros sendo laçados e touros sendo montados. Tinha acabado de haver uma corrida de cavalos de um quarto de milha na pista de turfe, e eles ficaram vendo os animais passarem galopando, os jóqueis em pé sobre os estribos depois de cruzarem a linha de chegada, os cavalos de narinas dilatadas e agitados. Então, os três voltaram para o carro e foram para casa. O menino foi buscar a cadela na cozinha de Louis e eles jantaram na varanda da frente, enquanto a noite caía.

31.

Louis aparou seu gramado e depois o gramado de Addie, esvaziou o depósito do cortador, despejando as aparas de grama num carrinho de mão. Jamie empurrou o carrinho até a viela dos fundos, virou-o e despejou as aparas de grama na pilha de folhas e restos vegetais úmidos que havia ali e depois voltou para buscar mais. Quando eles terminaram, Louis lavou o cortador de grama com a água da mangueira e o guardou de volta no galpão.

No canto do galpão, ele levantou a tampa da caixa que tinha servido de ninho para os camundongos.

Você acha que algum dia a gente vai ver aqueles camundongos de novo?

Talvez, disse Louis. A gente vai ter que continuar de olho.

Eu queria saber para onde eles foram. Se a mãe conseguiu encontrar os filhotes.

Eles foram até a cozinha de Addie, tomaram chá gelado e depois foram para a sombra na lateral do quintal para jogar bola, com a luva e o taco de beisebol. Addie foi para o quintal também. Bonny corria de um lado para o outro atrás da bola, saltando no ar, abocanhando a bola quando ela caía no chão e correndo em círculos até que eles a pegassem.

Ao meio-dia, Louis foi para casa e Jamie ficou com a cadela na casa de Addie. Almoçou com a avó, conversando tranquilamente, e depois subiu com Bonny para o quarto no final do corredor. A cadela dormiu ao pé da cama no quarto quentinho, enquanto Jamie jogava no celular. Depois, ele ligou para a mãe.

A gente vai se ver logo, logo, disse a mãe. Não contei para você? Vou voltar para casa.

O que o papai disse?

Ele disse que tudo bem. Nós dois queremos tentar de novo. Você não está feliz com isso?

Quando você volta?

Daqui a uma ou duas semanas.

Você vai morar lá em casa?

Claro. Onde mais eu iria morar?

Sei lá. Talvez em alguma outra casa.

Meu amor, eu quero ficar com você.

E com o papai.

Sim, e com o seu pai.

32.

Algumas noites depois, Addie, Louis e Jamie foram ao restaurante Wagon Wheel na beira da estrada ao leste da cidade e se sentaram em torno de uma das mesas perto das enormes janelas, que tinham vista para as plantações de trigo. O sol estava se pondo e o restolho de trigo estava lindo à luz do poente. Depois que eles fizeram os pedidos para o jantar, um velho veio andando até a mesa deles e se sentou pesadamente na cadeira vazia. Era um homem grande, com jeito de boa gente, usando uma camisa de manga comprida e uma calça jeans nova, o rosto muito vermelho e redondo.

Louis disse: Você conhece a Addie Moore, não conhece, Stanley?

Não tão bem quanto gostaria.

Addie, este é o famoso Stanley Thompkins.

Eu não sou tão famoso. Estou mais para mal-afamado.

E este é o neto da Addie, Jamie Moore.

Aperte aqui, filho.

O menino esticou o braço e segurou a mão grossa do velho.

Stanley franziu a cara como se estivesse sentindo dor e Jamie olhou para ele de olhos arregalados.

Soube que vocês dois andavam se encontrando, disse Stanley.

A Addie se dispôs a me aturar, Louis disse. Isso me faz pensar que pode haver esperança para outras pessoas nesta vida.

Addie deu tapinhas na mão dele. Obrigada. Isso faz a gente sentir esperança, não faz?

Você conhece alguém que queira se enroscar com um velho plantador de trigo?

Vou começar a procurar, disse ela.

Estou na lista telefônica. É fácil me encontrar.

E, então, o que você tem feito?, Louis perguntou.

Ah, você sabe, o de sempre. Meu filho ajudou a colher o trigo e se mandou para Vegas. Não suportou ficar com um pouquinho de dinheiro no banco. Levou uma menina junto, uma menina lá de Brush. Eu nunca a vi. Imagino que ela seja bonita.

Por que você não foi com eles?

Pô... Ele olhou para Jamie. Desculpe. Eu nunca vi muita graça em ficar sentado em volta de uma mesa com estranhos, jogando cartas. Se fosse para jogar uma partidinha de pôquer na sua casa ou na casa de alguma outra pessoa daqui, seria outra história. Você ia saber com quem está jogando e seria mais divertido. E, de qualquer forma, esse negócio de cidade grande não é para mim, não.

E como foi a sua safra de trigo?

Olha, Louis, nossa safra este ano foi muito boa. Não é bom dizer esse tipo de coisa em voz alta, mas este foi um dos melhores anos que nós tivemos em muito tempo. A chuva veio na época certa e na quantidade certa, e lá em casa não caiu granizo nenhuma vez. Lá nas terras do nosso vizinho do lado sul caiu, mas nós demos sorte do início ao fim.

A garçonete trouxe os pratos que eles haviam pedido.
Estou atrapalhando o jantar de vocês. Stanley se levantou e esticou o braço para apertar a mão do menino de novo. Agora vê se pega leve comigo. Jamie segurou a mão dele de um jeito hesitante e mal chegou a apertá-la. Bom, a gente se vê por aí.
Se cuida, Stanley.
Prazer em vê-la, sra. Moore.
Depois que terminaram de comer, decidiram dar uma volta de carro pelo campo. Passaram pelas terras de Stanley Thompkins a noroeste da cidade, pararam e ficaram apreciando os campos cobertos de restolhos sob a luz das estrelas. Os pés de trigo pareciam todos grossos e regulares.
Ele deve ter tido uma ótima safra mesmo, disse Louis. Isso me deixa contente. Ele já teve anos ruins. Todo mundo tem.
Mas não este ano.
Não. Não este ano.

33.

    Ele morreu na igreja, durante o culto, numa manhã de domingo, disse Addie. Você sabe disso.
    Sim, eu me lembro.
    Foi num mês de agosto. Estava muito quente na igreja, e o Carl sempre usava terno, mesmo nos dias mais quentes de verão. Ele achava que era o que convinha a um homem de negócios, um agente de seguros. Tinha uma obsessão por manter as aparências. Não sei por que nem a quem isso importava. Mas importava para ele. No meio do sermão do pastor, senti que ele se encostou em mim e pensei: Ele dormiu. Bem, deixa pra lá. Ele está cansado. Mas aí ele tombou para a frente e bateu a cabeça com força nas costas do banco à nossa frente antes que eu pudesse ampará-lo. Tentei levantá-lo, mas ele simplesmente se dobrou, escorregou do banco e caiu no chão. Eu me abaixei e sussurrei no ouvido dele: Carl. Carl. As pessoas em volta olharam para nós e o homem que estava sentado ao lado dele no banco chegou mais perto para tentar me ajudar a levantá-lo. O pastor parou de falar e outras pessoas se levantaram e vieram para tentar aju-

dar. Chame a ambulância, alguém falou. Nós o levantamos do chão e o colocamos deitado no banco. Fiz respiração boca a boca e bombeei o peito dele, mas já estava morto. Os homens da ambulância vieram. A senhora quer que nós o levemos para o hospital? Eu respondi que não, que eles podiam levá-lo para a funerária. Eles disseram que teriam que esperar o legista para poder transportá-lo. Então nós ficamos esperando o legista, e aí finalmente ele chegou e confirmou que Carl estava morto. A ambulância o levou para a funerária, e o Gene e eu seguimos de carro atrás. O agente funerário nos deixou com ele na sala dos fundos, um lugar silencioso e meio formal, não a sala onde eles fazem o embalsamamento. Eu tinha dito que não queria que ele fosse embalsamado. O Gene também não queria. Ele tinha vindo passar o verão em casa. Então nós ficamos lá sentados naquela sala, com o corpo do pai dele. O Gene não quis tocar nele. Eu me debrucei sobre o Carl e dei um beijo no seu rosto. Ele já estava frio nessa hora, e os seus olhos não ficavam fechados de jeito nenhum. Era lúgubre e estranho e muito quieto naquela sala. O Gene realmente não tocou nele em nenhum momento. Passado um tempo, ele saiu da sala e eu fiquei lá sozinha, acho que por umas duas horas. Puxei uma cadeira para perto do Carl e fiquei segurando sua mão, pensando em todos os momentos que tinham parecido bons entre nós. Por fim, eu me despedi dele, chamei o agente funerário e disse que nós tínhamos terminado por ora, que queríamos que ele fosse cremado e acertei o que tinha que ser acertado. Foi tudo rápido demais. Eu estava numa espécie de transe. Acho que estava simplesmente em choque.

Claro, era natural, disse Louis.

Mas mesmo agora eu me lembro de tudo com muita clareza e sinto a mesma espécie de irrealidade que senti na época, aquela sensação de estar num sonho e de estar tomando decisões que

você não sabia que tinha que tomar, ou se tinha certeza do que estava dizendo.
   O Gene ficou extremamente abalado, mas se recusava a falar sobre o assunto. Ele era como o pai nesse sentido. Os dois eram assim, nunca falavam sobre as coisas. Ele ficou por aqui uma semana e depois voltou para a faculdade, pediu permissão para voltar para o apartamento dele mais cedo e passou o resto do verão lá. Teria sido melhor se nós tivéssemos ajudado um ao outro, mas isso não aconteceu. Eu também não fiz muito esforço para isso. Queria que ele ficasse, mas percebi que não estava sendo bom para nenhum de nós dois. Nós só estávamos evitando um ao outro e, quando tentava conversar com ele sobre o pai, ele dizia: Deixa pra lá, mãe. Isso não importa mais agora. Mas claro que importava. Ele tinha muita raiva e ressentimento acumulados em relação ao Carl, e eu não acho que tenha conseguido se livrar disso até hoje. É uma das coisas que atrapalham a relação dele com o Jamie. Ele parece estar repetindo sua experiência com o pai.
   A gente não tem como consertar as coisas, não é?, disse Louis.
   A gente sempre quer, mas não consegue.

34.

Era domingo e eles estavam sentados à mesa tomando o café da manhã. Havia um anúncio no *Post* sobre a próxima temporada teatral do Denver Center for Performing Arts. Addie disse: Você viu que vão encenar aquele último livro sobre o condado de Holt? Aquele com o velho que está morrendo e o pastor.
    Eles encenaram os outros dois, então era de esperar que encenassem esse também, disse Louis.
    Você viu as duas peças anteriores?
    Vi. Mas não consigo imaginar dois velhos rancheiros acolhendo uma menina grávida.
    Pode acontecer, disse ela. As pessoas fazem coisas inesperadas às vezes.
    Sei lá, disse Louis. Mas é tudo imaginação dele. Ele pegou os detalhes físicos de Holt, os nomes dos lugares e das ruas, a aparência dos campos e a localização das coisas, mas o que está lá não é esta cidade. E não é ninguém que more nesta cidade. Tudo isso é inventado. Você já conheceu dois velhos irmãos como aqueles? Aquilo por acaso já aconteceu aqui?

Não que eu saiba. Nem tenha ouvido falar.
Ele imaginou aquilo tudo, disse Louis.
Ele podia escrever um livro sobre nós. O que você ia achar disso?
Não quero aparecer em livro nenhum, disse ele.
Mas nós não somos mais improváveis do que a história dos dois velhos rancheiros criadores de gado.
Só que isso é diferente.
Diferente como?, Addie perguntou.
Bem, somos nós. Não acho que nós sejamos improváveis.
No início você achou tudo muito insólito.
Eu não sabia o que pensar. Você me surpreendeu.
Você não está gostando agora?
Foi uma surpresa boa. Não estou dizendo que não foi. Mas continuo sem entender de onde você tirou a ideia de me convidar para dormir aqui.
Eu falei para você. A ideia veio da solidão. Da vontade de conversar durante a noite.
Foi uma coisa corajosa. Você estava correndo um risco.
Sim, mas, se não funcionasse, eu não ia ficar pior. A não ser pela humilhação de ter sido rejeitada. Mas não achei que você fosse comentar com ninguém a respeito, então só quem iria saber que eu tinha sido rejeitada seríamos você e eu. E agora todo mundo sabe. Todo mundo já sabe há meses. Nós somos notícia velha.
Nem notícia velha nós somos mais. Nós não somos mais notícia de espécie alguma, nem nova nem velha, disse Louis.
Você quer ser notícia?
Não, claro que não. Só quero levar uma vida simples e prestar atenção no que acontece a cada dia. E vir dormir aqui com você à noite.
Bom, isso é o que estamos fazendo. Quem imaginaria que,

a essa altura da vida, nós ainda pudéssemos ter algo desse tipo? Que afinal ainda existe, sim, espaço para mudanças e entusiasmos na nossa vida. E que nós ainda não estamos acabados nem física nem espiritualmente.

E nem estamos fazendo o que as pessoas acham que nós estamos fazendo.

Você quer fazer?, Addie perguntou.

Isso é com você.

35.

Perto do fim de agosto, Gene veio de carro das montanhas até Holt num sábado para levar o filho de volta para casa. Chegou à casa da mãe no fim da tarde, bateu na porta e abraçou os dois, depois foi dar uma volta na rua com Jamie e Bonny.
Você não gosta dela?
Claro que gosto.
Você nunca toca nela. Não fez carinho nela nem uma vez.
Gene se abaixou, fez carinho na cabeça de Bonny, disse coisas carinhosas para ela e então eles deram uma volta no quarteirão e voltaram para a casa de Addie pela viela. Mais tarde jantaram e, à noite, Gene dormiu com Jamie e Bonny na mesma cama de casal no quarto do fim do corredor. Louis ficou na casa dele.
De manhã, eles arrumaram as roupas de Jamie na mala e puseram os brinquedos, os apetrechos de beisebol, as tigelas e a ração da cadela em sacolas. Então o menino disse: Tenho que me despedir do Louis.
Nós precisamos ir.
Vai ser rapidinho, pai. Eu tenho que ir.

Está bem, mas não demore.

O menino foi correndo até a casa de Louis, mas ele não estava lá. Jamie abriu a porta, chamou, percorreu todos os cômodos da casa. Voltou chorando.

Você liga para ele depois, disse o pai.

Não é a mesma coisa.

Nós não podemos esperar. Já vamos chegar tarde em casa se sairmos agora.

Addie deu um abraço apertado no menino e disse: Olha, quero que você me ligue, está ouvindo? Quero saber como você está e como vão indo as coisas na escola. Jamie ficou agarrado a ela. Aos poucos, ela foi fazendo com que se soltasse. Me liga, está bem?

Eu ligo, vó.

Ela beijou Gene. E você trate de ser paciente.

Eu sei, mãe.

Espero que sim. E me liga também.

Eles partiram, o menino e a cachorra juntos na janela do banco de trás, olhando para Addie, parada no meio-fio. O menino ainda estava chorando. Addie ficou olhando para o carro até que ele fizesse uma curva e desaparecesse de vista. Anoitecera e Louis ainda não tinha aparecido na casa dela, então Addie ligou para ele. Onde você está? Você não vem para cá?

Eu não sabia se devia.

Você ainda não entendeu, não é? Eu não quero ficar sozinha, remoendo as coisas como a gente faz quando fica tentando entender tudo sozinha. Quero que você venha para eu poder falar com você.

Só preciso tomar um banho e dar um trato antes.

Você não precisa de trato nenhum.

Preciso sim, eu quero. Daqui a uma hora eu estou aí.

Bem, ainda vou estar aqui, disse ela. Fico esperando, então.

Ele se barbeou e tomou banho como sempre fazia e, no escuro da noite, foi andando pela calçada em frente à casa dos vizinhos. Addie estava sentada na varanda, esperando por ele. Ela se levantou, foi até a beira da escada e, pela primeira vez, o beijou num lugar à vista de outras pessoas. Você é tão cabeça-dura às vezes, disse ela. Não sei se vai aprender algum dia.

Nunca me vi como uma pessoa lenta para aprender. Mas devo ser.

Você é, no que se refere a mim.

Sei o que acho de você e o quanto você significa para mim, mas não entra na minha cabeça que eu possa significar nada parecido pra você.

Não vou entrar nisso de novo. Isso é um problema seu, não meu. Agora vamos lá para cima.

Na cama, eles se abraçaram no escuro e ela disse: Não sei como isso vai ser.

Você ainda está falando de nós?

Estou falando do meu filho, do meu neto e da mãe do meu neto. Ele estava chorando quando saiu daqui. Você sabe por quê?

Porque ele vai sentir a sua falta.

Por isso também, disse ela. Mas ele estava chorando porque não conseguiu se despedir de você. Onde você estava?

Eu saí para dar uma volta de carro pelo campo, depois acabei decidindo ir até Phillips para almoçar e só cheguei no fim da tarde.

Ele foi até sua casa para falar com você antes de ir embora. Para você ver como ele gosta de você.

Eu também gosto dele.

Só espero que o Gene e a mulher consigam se entender melhor. Talvez eles tenham aprendido alguma coisa ao longo do verão. Eu já estou preocupada com eles.

O que foi mesmo que você me disse? Algo sobre não poder consertar a vida das pessoas.

Isso foi para você, disse ela. Não para mim.

Sei, disse Louis.

Ah, já estou me sentindo melhor, conversando com você aqui perto de mim.

Nós ainda nem falamos quase nada.

Sim, mas já estou me sentindo melhor. Eu te agradeço. Sou muito grata por tudo isso. Estou me sentindo uma pessoa de sorte de novo agora.

36.

Depois que Jamie foi embora, eles tentaram fazer o que a cidade pensava desde o início que eles estavam fazendo, mas eles não estavam. Àquela altura, já fazia algum tempo que Louis vinha se trocando no quarto. Ele tirou a roupa e vestiu o pijama de costas para a cama, onde Addie estava deitada debaixo de um lençol de algodão, e então se virou de frente para ela. Sem que ele soubesse, ela tinha empurrado o lençol para baixo e estava deitada nua na cama, sob a luz suave do abajur. Ele ficou olhando para ela.

Não fique aí parado, ela disse. Você está me deixando nervosa.

Não precisa ficar nervosa, disse ele. Você está linda.

Estou com muito quadril e muita barriga. Este corpo velho. Sou uma velha agora.

Bem, minha velha, você me conquistou completamente. Você está perfeita. Está exatamente como deveria estar. Você não precisa parecer uma garotinha de treze anos, sem peito e sem quadril.

Bom, isso eu estou muito longe de ser agora, se é que já fui algum dia.
Olha só como eu fiquei, disse ele. Tenho uma pança agora. E meus braços e minhas pernas são finos. São braços e pernas de velho.
Para mim você está ótimo, ela disse. Mas você continua aí parado. Não vai se deitar? Vai passar a noite inteira em pé?
Louis tirou o pijama e se deitou na cama e ela chegou mais perto, pegou a mão dele e o beijou. Ele se virou de lado e a beijou e acariciou o ombro e os seios dela.
Faz muito tempo que ninguém faz isso, ela disse.
Faz muito tempo que eu não faço nada parecido com isso.
Ele a beijou de novo e a acariciou e então ela o puxou mais para perto e ele se ergueu na cama e ficou beijando o rosto, o pescoço e os ombros dela e se deitou em cima dela e começou a se movimentar e então, pouco depois, parou.
O que houve?
Eu não consigo ficar duro. Estou com aquele problema de velho.
Você já teve esse problema antes?
Não. Mas também faz anos que não tento isso. O tempo frouxo chegou,* como diz o poeta. Sou só um velho filho da puta agora.
Ele se recostou na cama e se acomodou ao lado dela no escuro.
Você está chateado?, ela perguntou.
Um pouco. Mas o que mais me chateia mesmo é ter te desapontado.

---

* No original, *"The limp time has come"*, trecho do poema "Lament", de Dylan Thomas. (N. T.)

Você não me desapontou. Foi só a primeira vez. Nós temos muito tempo pela frente.

Talvez eu devesse experimentar uma daquelas pílulas que anunciam na televisão.

Ah, eu acho que não precisa, não. A gente tenta de novo alguma outra noite.

37.

Uma noite, depois que escureceu, eles foram até o parquinho da escola primária. Louis empurrou Addie no grande balanço de corrente e ela ficou balançando para a frente e para trás no ar fresco da noite de fim do verão, enquanto a barra de sua saia esvoaçava sobre os joelhos. Depois, eles voltaram para a cama no quarto dela e ficaram deitados lado a lado, nus, sentindo a brisa de verão que entrava pelas janelas abertas.

E, certa vez, eles passaram a noite em Denver, como ela fazia antigamente, e se hospedaram no grande, belo e velho Brown Palace Hotel, com seu pátio aberto, seu lobby amplo e um pianista que tocava a tarde inteira e boa parte da noite. O quarto deles ficava no terceiro andar, então, olhando por cima do parapeito, eles viam o pátio aberto lá embaixo, o pianista, as pessoas sentadas em volta das mesas tomando chá ou coquetéis, os garçons indo e vindo do bar e, à medida que a noite se aproximava, os hóspedes indo para o bar ou para o restaurante, cujas mesas tinham toalhas brancas e taças e talheres reluzentes. Eles desceram para jantar no restaurante e depois voltaram para o quarto, e Addie pôs um dos vestidos caros que ela havia comprado anos antes só para usar em Denver. Então os dois saíram e foram andando pela calçada até o shopping da rua 16, pegaram um ônibus até a Curtis Street e caminharam até o Denver Center, entraram no lobby e depois seguiram para o lado esquerdo do teatro. Uma mulher os conduziu até as poltronas, já que o teatro era enorme, e eles ficaram olhando em volta observando as pessoas que chegavam e conversavam. Então a peça começou, os homens no palco cantando a plenos pulmões, de calça e gravata preta e camisa branca, a plateia se divertindo com algumas coisas. Addie e Louis ficaram de mãos dadas e, no intervalo, foram cada um para o seu banheiro. O das mulheres tinha uma fila longa. Louis voltou para sua poltrona pouco tempo depois e Addie só voltou para a dela quando a segunda parte da peça já estava prestes a começar.

Não diga nada, ela disse.

Eu não ia dizer nada.

Por que eles não conseguem entender que as mulheres levam mais tempo no banheiro e precisam de mais cubículos?

Você sabe por quê, Louis disse.

Porque são homens que projetam essas coisas, é por isso.

Eles assistiram à segunda parte da peça, depois saíram para a rua sob as luzes brilhantes da fachada do teatro, pegaram um táxi e voltaram para o hotel.

Você quer tomar um drinque?, ele perguntou.

Só um.

Entraram no bar, foram conduzidos a uma mesa e cada um tomou uma taça de vinho, depois pegaram o elevador rumo ao quarto deles, tiraram a roupa e se deitaram na cama imensa. Apagaram as luzes e ficaram só com a luz que vinha da rua e entrava pela cortina de renda.

Está sendo divertido, não está?, ela perguntou.

Muito.

Ela chegou mais para perto dele na cama.

Eu não podia estar mais feliz, disse ela. Isso é exatamente o que eu quero e amanhã eu quero a nossa cama de novo.

Tudo no seu tempo e lugar, disse ele.

Agora você vai me beijar nesta cama de hotel enorme ou não vai?

Era o que eu tinha esperança de fazer.

De manhã, eles acordaram tarde, tomaram café no restaurante e arrumaram as malas. O *valet* trouxe o carro de Louis para a frente do hotel e os ajudou com as malas. Louis deu uma gorjeta generosa para ele, só por estar se sentindo tão bem. Eles voltaram para casa sem pressa pela U.S. 34, atravessaram as High Plains passando por Fort Morgan e Brush e finalmente entraram no condado de Holt, tudo plano e sem árvores, a não ser nos quebra-ventos, ao longo das ruas das pequenas cidades e em torno das casas de fazenda. Não havia uma nuvem no céu e nada no horizonte a não ser mais céu azul.

Chegaram à casa de Addie à tarde, e Louis levou as malas dela até o quarto, depois levou seu carro para casa e desfez sua bagagem. Quando escureceu, voltou para a casa dela para passar a noite.

38.

No feriado do Dia do Trabalho, eles decidiram ir de carro até Chief Creek, seguindo na direção leste pela rodovia. O riacho estava raso, com areia e capim no fundo, salgueiros altos nas duas margens, asclépias. O capim tinha sido tosado rente ao chão pelo gado. Havia choupos enormes num bosque a uma pequena distância do riacho. Addie trouxe a cesta de piquenique e Louis pegou o ancinho e a pá no porta-malas do carro e retirou o esterco seco e farelento da sombra debaixo das árvores, onde o gado havia ficado para se proteger do vento.

Você já esteve aqui antes, disse Addie. Veio preparado.

Nós costumávamos vir para cá quando a Holly era pequena. É praticamente o único lugar com água corrente e sombra por aqui.

É agradável. Não é como nas montanhas, mas é agradável, em se tratando do condado de Holt.

Exato.

Mas será que não vai aparecer ninguém para nos expulsar daqui?

Duvido. Estas terras pertencem ao Bill Martin. Ele nunca se importou antes.

Você o conhece?

Você também, acho.

Só de nome.

Fui professor dos filhos dele na escola. Todos muito inteligentes. Encapetados, mas muito inteligentes. Todos eles se mudaram daqui. Imagino que isso deixe o pai triste. Os jovens não querem ficar aqui.

Addie estendeu uma toalha no lugar que Louis havia limpado, eles se sentaram e comeram frango frito, salada de repolho, cenoura em palito, batata frita e azeitonas. Depois, Addie cortou uma fatia de bolo de chocolate para cada um. Eles tomaram chá gelado com tudo isso. Então os dois se deitaram na toalha e ficaram olhando para os galhos verdes e balançantes da árvore que lhes dava sombra, as folhas girando e pairando no vento suave.

Pouco depois, Louis se sentou, tirou os sapatos e as meias, arregaçou as pernas da calça, foi andando pelo chão quente até o riacho, caminhou um pouco pela água fria pisando no fundo arenoso, se abaixou e molhou as mãos, o rosto e os braços. Addie se juntou a ele, descalça, com seu vestido de verão. Puxou a barra do vestido até acima dos joelhos e entrou na água também.

Ah, isso é simplesmente perfeito para um dia quente. Eu nunca tinha vindo aqui. Não sabia que existia um lugar como este no condado de Holt.

É só vir comigo que você vai aprender muita coisa, mocinha, disse Louis. Ele saiu da água, tirou a camisa, a calça e a cueca, pousou-as na grama, voltou para a água, molhou o corpo e se sentou.

Ah, é?, disse Addie. Se é assim que você vai ficar... Ela puxou o vestido pela cabeça, tirou as roupas de baixo e entrou na água fria ao lado dele. E não estou nem aí se alguém nos vir, disse ela.

Sentados de frente um para o outro, eles se deitaram na água, ambos muito brancos, a não ser no rosto, nas mãos e nos braços. Estavam se sentindo meio pesados, contentes. Tinham a sensação de que a correnteza tentava enfiar dedos de areia embaixo de seus corpos.

Passado um tempo, saíram da água, voltaram para a toalha, se secaram com toalhas de banho e se vestiram, depois tiraram uma soneca na tarde quente, sob a sombra das árvores. Quando acordaram, foram patinhar de novo na água do riacho para se refrescar antes de ir embora, guardaram a comida no carro e voltaram para Holt. Ele a deixou em casa e ela levou a cesta de piquenique lá para dentro, enquanto Louis seguia de carro até o quarteirão seguinte, estacionava e guardava a pá e o ancinho de volta no galpão. Quando ele entrou em casa, o telefone tocou quase que imediatamente.

É melhor você vir para cá, disse Addie.

O que houve?

O Gene está aqui. Ele quer conversar com nós dois.

Estou indo.

Na sala de estar, Gene estava sentado no sofá em frente a Addie.

Sente-se, Louis, ele disse.

Louis olhou para ele, atravessou a sala e deu um beijo em Addie, na boca. Fez questão de fazer isso. Depois se sentou.

Qual é o motivo da reunião?

Eu já chego lá, disse Gene. Fiquei esperando por vocês a tarde inteira.

Eu disse a ele onde nós estávamos.

Aquele lugar não é lá grande coisa.

O que importa é o que você faz dele. É com quem você está.

É por isso que eu estou aqui. Quero que isso pare.

Você está falando de nós estarmos juntos, disse Louis.

Estou falando de você vir às escondidas aqui para a casa da minha mãe à noite.

Ninguém está fazendo nada às escondidas, disse Addie.

Tem razão. Vocês nem sequer sentem vergonha do que estão fazendo.

Não há nada do que sentir vergonha. Pessoas da sua idade se encontrando na calada da noite como vocês têm feito.

Tem sido maravilhoso. Eu gostaria que você e a Beverly passassem momentos tão bons juntos quanto eu e o Louis temos passado.

O que o papai diria se estivesse no meu lugar?

Ele não ia querer falar no assunto. Mas eu duvido que ele aprovasse. Não é algo que ele próprio faria, mesmo que isso passasse pela cabeça dele.

Não, ele não aprovaria. Ele era mais sensato, tinha uma ideia mais clara da posição dele.

Ah, Deus do céu. Eu tenho setenta anos. Estou pouco me importando com o que as pessoas desta cidade pensam. E talvez você goste de saber que pelo menos algumas das pessoas da cidade aprovam o que estamos fazendo.

Não acredito nisso.

Não importa se você acredita ou não acredita.

Importa para mim. Levar a minha mãe para Denver. Levar meu filho para as montanhas. E, meu Deus, vocês dois dormindo na mesma cama que ele.

Como é que você sabe disso?, Addie perguntou.

Não interessa. Eu sei. Que diabos vocês estavam pensando?

Nós estávamos pensando nele, disse Louis. Ele estava com medo. Nós o trouxemos para perto de nós para que ele se tranquilizasse.

E agora ele chora toda noite. Isso começou aqui.

Isso começou, disse Addie, quando você deixou o menino aqui.

Mãe, você sabe por que eu fiz isso. Você sabe que eu amo meu filho.

Então por que você não pode apenas fazer isso? Amar o seu filho. Ele é um bom menino. É só isso que ele quer.

Como meu pai fez comigo, você quer dizer.

Eu sei que seu pai nem sempre era carinhoso.

Carinhoso. Pelo amor de Deus, ele não quis mais nada comigo depois que a Connie morreu.

Gene passou a mão nos olhos. Depois, virou para Louis. Quero que você fique longe da minha mãe. E deixe o meu filho em paz. E esqueça o dinheiro da minha mãe.

Gene, chega, disse Addie. Não fale mais nada. O que há com você?

Louis se levantou do sofá. Escuta, disse ele. É uma pena que você veja as coisas desse modo. Eu jamais magoaria seu filho. Nem sua mãe. Mas não vou ficar longe dela a menos que ela me diga para ficar. E você pode ter a absoluta certeza de que não estou interessado no dinheiro dela. Se tiver mais alguma coisa para me dizer a esse respeito, você pode me procurar amanhã.

Louis se abaixou, beijou Addie de novo e foi embora.

Estou com vergonha de você, disse Addie. Não sei nem o que te dizer. Isso tudo me deixa tão chateada. Tão triste.

Então pare de se encontrar com ele.

À noite, Addie cobriu o rosto com as cobertas, virou de costas para a janela e chorou.

39.

Depois da conversa com Gene, Addie e Louis continuaram se encontrando. Ele ainda vinha para a casa dela à noite, mas não era mais a mesma coisa. Não havia mais o mesmo clima leve de prazer e descoberta. E, aos poucos, foram se tornando menos raras as noites em que ele ficava em casa, em que ela passava horas lendo sozinha, sem desejar que ele estivesse com ela na cama. Ela parou de esperar por ele nua. Eles ainda ficavam abraçados nas noites em que ele ia para lá, mas era mais por hábito, por desolação, por solidão antecipada e desânimo, como se estivessem tentando fazer um estoque daqueles momentos para enfrentar o que estava por vir. Ficavam acordados lado a lado, em silêncio, e não faziam mais amor.

Então, um dia, Addie tentou falar pelo telefone com o neto. Dava para ouvir o menino chorando ao fundo, mas o pai não deixou que ele falasse com a avó.

Por que você está fazendo isso?, ela perguntou.

Você sabe por quê. Se é isso que eu preciso fazer, eu vou fazer.

Ah, isso é muito mesquinho. Isso é cruel. Nunca pensei que você fosse capaz de ir tão longe.

Você pode mudar isso.

Ela ligou para o neto numa tarde em que achou que ele estaria sozinho em casa. Mas ele não quis falar com ela.

Eles vão ficar zangados, disse Jamie, e começou a chorar. Vão tirar a Bonny de mim. Vão tirar o meu celular.

Ah, meu Deus, disse Addie. Está bem, meu querido.

Quando Louis foi para a casa dela no meio daquela semana, ela o levou até a cozinha, deu uma cerveja para ele e se serviu de um pouco de vinho.

Eu quero conversar. Aqui, na luz.

Mais alguma coisa mudou, ele disse.

Eu não posso mais continuar com isso, disse ela. Não posso continuar assim. Eu estava achando mesmo que algo assim viria. Eu preciso ter contato, preciso ter algum tipo de vida com meu neto. Ele é a única pessoa que me resta. Meu filho e a mulher dele não significam mais muita coisa. A nossa relação azedou totalmente, e não acredito que nem eles nem eu vamos conseguir superar isso algum dia. Mas ainda quero o meu neto. Este verão deixou isso muito claro para mim.

Ele te ama.

Ama. Ele é o único da minha família que me ama. Ele vai sobreviver a mim. Vai estar comigo quando eu morrer. Eu não quero os outros. Não quero mais saber deles. Eles destruíram o interesse que eu tinha por eles. Não confio no Gene. Não faço ideia do que mais ele seria capaz de fazer.

Então você quer que eu vá para minha casa.

Não hoje. Só mais uma noite. Você faria isso?

Pensei que você fosse a corajosa de nós dois.

Não consigo mais ser corajosa.

Talvez o Jamie se rebele e ligue para você por conta própria.

Não, ele não vai fazer isso, não tão cedo. Ele só tem seis anos. Talvez quando tiver dezesseis. Mas não posso esperar tanto tempo. Talvez eu já tenha morrido até lá. Não posso perder esses anos com ele.

Então esta é a nossa última noite.

É.

Eles foram lá para cima. Na cama, no escuro, conversaram mais um pouco. Addie estava chorando. Ele pôs o braço em volta dela e a puxou para junto de si.

Nós tivemos bons momentos, disse Louis. Você fez uma diferença enorme na minha vida. Sou muito grato por isso. Obrigado.

Você está sendo cínico agora.

Não foi a minha intenção. Eu estava sendo sincero. Você foi boa para mim. O que mais alguém poderia pedir? Sou uma pessoa melhor do que era antes de nós ficarmos juntos. Isso é obra sua.

Ah, você continua sendo gentil comigo. Obrigada, Louis.

Eles ficaram acordados, ouvindo o vento soprar do lado de fora. Às duas da manhã, Louis se levantou e foi ao banheiro. Quando voltou para a cama, disse: Você ainda está acordada.

Não estou conseguindo dormir.

Às quatro, ele se levantou de novo, se vestiu e pôs o pijama e a escova de dentes dentro do saco de papel.

Você já vai?

Estava pensando em ir.

Ainda vai ser noite por mais algumas horas.

Não estou vendo muito sentido em adiar isso.

Ela começou a chorar de novo.

Ele desceu e foi andando de volta para casa, passando pelas velhas árvores e casas, todas escuras e estranhas àquela hora. O céu ainda estava escuro e nada se movia. Não havia nenhum carro na rua. Em casa, Louis se deitou na cama e ficou olhando para a janela do lado leste, à espera dos primeiros sinais da luz do dia.

40.

Enquanto o tempo continuou bom naquele outono, Louis com frequência saía para caminhar à noite e passava em frente à casa de Addie, via a luz acesa lá em cima, no quarto dela, a luz do abajur que ele conhecia, no quarto com a cama espaçosa, a cômoda de madeira escura, o banheiro no fim do corredor, e se lembrava de cada detalhe do quarto e das noites que eles tinham passado deitados no escuro conversando e da sensação de proximidade que aquilo dava. Então, uma noite, ele viu o rosto dela aparecer na janela e parou. Ela não fez nenhum gesto nem deu qualquer sinal de que estivesse olhando para ele. Mas, assim que ele voltou para casa, ela telefonou.

Você não pode mais fazer isso.

Fazer o quê?

Passar em frente à minha casa. Eu não quero.

Então a coisa chegou a esse ponto agora. Você vai me dizer o que posso ou não posso fazer. Até na minha própria rua.

Não dá para você ficar passando aqui em frente e eu ficar pensando que você está passando. Ou me perguntando se você está. Eu não posso ficar imaginando que você está aqui em frente à minha casa. Eu tenho que ficar fisicamente afastada de você neste momento.

    Eu pensei que você estivesse.

    Não se você fica passando em frente à minha casa à noite.

    Então, à noite, ele não passou mais em frente àquela casa tão familiar. Passar por ali durante o dia não tinha importância. E, nas poucas vezes em que se encontraram por acaso na mercearia ou na rua, eles olharam um para o outro e se cumprimentaram, mas foi só.

41.

Num dia claro, pouco depois do meio-dia, quando estava sozinha no centro da cidade, Addie tropeçou no meio-fio na Main Street, tentou se segurar em alguma coisa, mas não havia nada em que se segurar, caiu e ficou estatelada na rua até que uma mulher e uns dois homens vieram ajudá-la.

Não me levantem, ela disse. Acho que quebrei alguma coisa.

A mulher se ajoelhou ao lado dela e um dos homens dobrou o casaco e o ajeitou debaixo da cabeça de Addie. Eles ficaram lá com ela até que a ambulância chegasse para levá-la. No hospital disseram que ela havia quebrado o osso do quadril, e ela pediu que ligassem para Gene. Ele veio no mesmo dia e decidiu que seria melhor que ela fosse para um hospital de Denver. Então ela saiu de Holt de ambulância, enquanto Gene seguia atrás no carro dele.

Três dias depois, Louis estava na padaria com o grupo de homens com o qual se encontrava periodicamente, quando Dorlan Becker disse: Imagino que você saiba o que aconteceu com ela.

Do que você está falando?
Estou falando da Addie Moore.
O que tem a Addie Moore?
Ela quebrou o quadril. Eles a levaram para Denver.
Para onde em Denver?
Não sei. Um dos hospitais de lá.
Louis foi para casa e ligou para vários hospitais até descobrir em qual ela estava internada. No dia seguinte, foi de carro para Denver e chegou lá no final da tarde. No balcão de informações lhe disseram o número do quarto e ele pegou o elevador até o quarto andar, foi andando pelo corredor e então parou em frente à porta. Gene e Jamie estavam lá dentro, conversando com ela.

Quando Addie viu Louis, os olhos dela se encheram de lágrimas.

Posso entrar?, ele perguntou.
Não, não pode, disse Gene. Você não é bem-vindo aqui.
Gene, por favor, só para dar um oi.
Cinco minutos, disse ele. Não mais que isso.
Louis entrou no quarto e parou perto do pé da cama. Jamie foi até lá e lhe deu um abraço e Louis o abraçou também.
Como vai a velha Bonny?
Ela agora consegue apanhar a bola. Ela pula e pega a bola com a boca.
Que bom para ela!
Vamos, disse Gene. Nós vamos sair. Mãe, cinco minutos. E só.
Ele e Jamie saíram do quarto.
Você não quer sentar?, ela perguntou.
Louis levou uma das cadeiras mais para perto da cama e se sentou ao lado de Addie. Depois, pegou a mão dela e a beijou.
Não faça isso, disse Addie, recolhendo a mão. Isso é só por agora. Só por um momento. É só isso que nós temos. Ela olhou nos olhos dele. Quem te contou que eu estava aqui?

Aquele cara da padaria. Dá para acreditar que ele acabou me ajudando? Você está bem?

Vou ficar.

Você vai me deixar te ajudar?

Não. Por favor. Você tem que ir embora. Você não pode ficar aqui muito tempo. Nada mudou.

Mas você precisa de ajuda.

Já comecei a fazer fisioterapia.

Mas você vai precisar de ajuda em casa.

Eu não vou voltar para casa.

Como assim?

O Gene já planejou tudo. Eu vou me mudar para Grand Junction, para um residencial para idosos.

Então você não vai voltar para lá em momento algum?

Não.

Meu Deus, Addie. Eu não aceito nada disso. Isso não é do seu feitio.

Não há nada que eu possa fazer. Tenho que ficar perto da minha família.

Me deixe ser a sua família.

Mas e quando você morrer?

Aí você pode ir morar com o Gene e o Jamie.

Não. Tenho que fazer isso enquanto ainda sou capaz de fazer a adaptação. Não posso deixar para fazer quando já estiver velha demais. Não vou conseguir fazer a mudança, ou então pode ser que eu nem tenha mais essa opção. Agora você tem que ir. E, por favor, não volte. É difícil demais.

Ele se inclinou, beijou a boca e os olhos dela, depois saiu do quarto e atravessou o corredor até o elevador. Havia uma mulher no elevador. Ela olhou para a cara dele uma vez e depois desviou o rosto.

42.

Uma noite, Addie ligou para Louis pelo celular. Estava sentada numa poltrona do apartamento em que estava morando. Você pode falar comigo?
Houve um longo silêncio.
Louis, você está aí?
Pensei que não fôssemos mais nos falar.
Eu preciso. Não posso continuar assim. Está pior do que antes de nós começarmos a nos ver.
E o Gene?
Ele não precisa saber. Nós podemos nos falar pelo telefone, à noite.
Então nós estaríamos agindo às escondidas. Como ele disse. Fazendo coisas em segredo.
Não importa. Estou me sentindo muito sozinha. Sinto demais a sua falta. Você não quer falar comigo?
Eu também sinto a sua falta, ele disse.
Onde você está?
Você quer saber em que lugar da casa?

Você está no seu quarto?
Sim, estava lendo. Isso é uma espécie de sexo por telefone?
São só dois velhos conversando no escuro, disse Addie.

43.

É uma boa hora para a gente falar?, Addie perguntou.
É, sim. Acabei de subir.
Bem, é só que eu estava pensando em você. Estava com muita vontade de falar com você.
Você está bem?
O Jamie veio aqui hoje de novo, depois da escola, e nós demos uma volta no quarteirão. A Bonny também veio.
Ele prendeu a guia nela?
Não foi preciso, disse Addie. O Jamie disse que o pai e a mãe têm andado brigando e gritando. Perguntei o que ele fazia nessas horas, e ele respondeu: Vou para o meu quarto.
Bem, pelo menos posso ficar feliz por ele que você esteja aí, disse Louis.
O que você fez hoje?, perguntou Addie.
Nada. Fiquei tirando a neve da calçada. Abri um caminho no seu quarteirão.
Por quê?
Sei lá, me deu vontade. As pessoas que alugaram sua casa

vieram aqui falar comigo. Parecem boas pessoas. Mas, para mim, continua sendo a sua casa. E a casa da Ruth continua sendo a casa da Ruth.
    É, para mim também.
    Bom, as coisas mudaram.
    Estou na cama, disse ela, aqui no meu quarto. Eu já tinha contado isso?
    Não, mas imaginei que você estivesse.
    Daqui a pouco aquela peça vai estrear lá em Denver. Por que você não aproveita os nossos ingressos e vai?
    Eu não vou sem você.
    Você pode ir com a Holly.
    Não quero ir com ela. Por que você não usa os ingressos?
    Eu também não quero ir sem você, disse ela.
    Então estranhos vão sentar nos nossos lugares. Eles não vão saber nada sobre nós.
    Nem por que os lugares ficaram vagos.
    Você continua não querendo que eu ligue para você? Não quer eu tome a iniciativa de ligar?
    Tenho receio de que tenha alguém aqui no quarto comigo. Eu não conseguiria disfarçar.
    É como quando nós começamos. Como se estivéssemos começando do zero de novo. Sendo você novamente quem toma a iniciativa. Só que agora nós estamos sendo cautelosos.
    Mas, ao mesmo tempo, nós estamos continuando também. Não estamos?, ela perguntou. Nós ainda estamos conversando. E vamos continuar até quando pudermos. Até quando isso durar.
    Sobre o que você quer conversar hoje?
    Ela olhou lá para fora pela janela. Dava para ver seu reflexo no vidro. E a noite escura atrás.
    Está frio aí hoje, querido?

Agradecimentos

O autor gostaria de agradecer a Gary Fisketjon, Nancy Stauffer, Gabrielle Brooks, Ruthie Reisner, Carol Carson, Sue Betz, Mark Spragg, Jerry Mitchell, Laura Hendrie, Peter Carey, Rodney Jones, Peter Brown, Betsy Burton, Mark e Kathy Haruf, Sorel, Mayla, Whitney, Charlene, Chaney, Michael, Amy, Justin, Charlie, Joel, Lilly, Jennifer, Henry, Destiny, cj, Jason, Rachael, Sam, Jessica, Ethan, Caitlin, Hannah, Fred Rasmussen, Tom Thomas, Jim Elmore, Alberta Skaggs, Greg Schwipps, Mike Rosenwald, Jim Gill, Joey Hale, Brian Coley, Troy Gorman e, em especial, Cathy Haruf.

1ª EDIÇÃO [2017] 4 reimpressões

ESTA OBRA FOI COMPOSTA PELO GRUPO DE CRIAÇÃO EM ELECTRA E
IMPRESSA PELA PROL EDITORA GRÁFICA EM OFSETE SOBRE PAPEL PÓLEN SOFT
DA SUZANO PAPEL E CELULOSE PARA A EDITORA SCHWARCZ
EM JULHO DE 2017

A marca FSC® é a garantia de que a madeira utilizada na fabricação do papel deste livro provém de florestas que foram gerenciadas de maneira ambientalmente correta, socialmente justa e economicamente viável, além de outras fontes de origem controlada.